Pizza, Pasta
u Zipfuchappa

Zum Buch

Düdingen, Anfang Dezember. In der kleinen Buchhandlung Die gute Seite bereiten sich Donnie und Valerie auf das Samichlaus-Event vor, während erste weihnachtliche Lieder durch die Regale hallen.

Als der Geschäftsmann Marc Brunner von seiner Ex-Frau tot in seinem Garten aufgefunden wird, fällt Schnee auf eine weitaus düsterere Geschichte. Nicht nur wird Brunners Wagen vermisst, aber auch von seiner Tochter fehlt jede Spur.

Je weiter die Ermittlungen in die verstrickten Beziehungen des Toten vordringen, desto mehr stellt sich eine einfache, aber entscheidende Frage: Was war das wahre Motiv hinter seinem Mord? Denn jede verdächtige Person hatte nicht nur die Möglichkeit, sondern auch die Gelegenheit dazu.

»Ein cosy Kriminalfall mit einer Prise Humor und Weihnachtspoesie. Perfekt für alle, die geheime Abgründe und spannende Geschichten lieben!«

Zum Autor

Jean-Pascal Ansermoz wurde als Schweizer im September des Jahres 1974 in Dakar (Senegal) geboren. Er ist einer, der mit Leichtigkeit über den Röschtigraben springt, schrieb er doch bis 2009 nur in französischer Sprache. Weltenbürger, Romand und Deutschschweizer in einem: ein Autor mit Hang zum Kriminellen, aber auch zu Poetischem, Literarischem, Alltäglichem und Besonderem.

Jean-Pascal Ansermoz

Pizza, Pasta u Zipfuchappa

Ein BuchCafé Krimi

© 1.Auflage 2024 *Jean-Pascal Ansermoz*

ISBN: 978-3-7693-1504-2

Verlag: BoD · Books on Demand GmbH, In de Tarpen 42,
22848 Norderstedt
Druck: Libri Plureos GmbH, Friedensallee 273, 22763 Hamburg
Umschlag & Satz: AZ Productions, Fribourg (CH)

KAPITEL 1

Mitten am Morgen hatte es zu schneien begonnen. Kleine, feine Flöckchen fielen senkrecht und fröhlich vom Himmel.

Seit dem ersten Tageslicht hingen weisse Wolken tief über Düdingen, ohne zu verraten, woher sie kamen oder warum sie hier waren. Etwas Schweres lag auch auf meinen Gedanken und verhinderte, dass ich in die Gänge kam.

In diesem plötzlichen Wetterumschwung machte die Schwere etwas Sanfterem Platz.

Ich blickte durch die Schaufenster der Buchhandlung auf die Hauptstrasse. Am Morgenverkehr änderte das nicht viel, genauso wenig an meinen täglichen Arbeiten.

Und doch begleitete jeden Wintereinbruch etwas Faszinierendes. Der erste Schnee war immer etwas Besonderes.

Sogar der wortkarge Herr Biady, mein einziger Gast an der Theke, hatte sich von seinem Kaffee abgewandt und blickte auf die Strasse. Die *Freiburger Nachrichten* lagen offen vor ihm — und das schon eine ganze Weile.

Sein Kaffee musste mittlerweile kalt sein, was mich nicht störte. Genauso wenig störte mich das Schweigen, das wir uns teilten.

Vor ihm stapelte sich eine kleine Auswahl an Krimi-Neuheiten, bisher jedoch unbeachtet. Jedenfalls hatte ich ihn keinen Klappentext lesen sehen. Donnies Meinung war wieder einmal gefragt.

Und der liess auf sich warten.

Herr Biady war nicht der Einzige, der auf ihn wartete. Mein Herz schlug schneller bei dem Gedanken, dass er bald die Tür aufstossen würde. Auch wenn ich mir diese subtile Unruhe nicht wirklich eingestehen wollte.

Fakt ist, sie war da.

»Wer hätte das gedacht«, murmelte ich.

Biady nickte, griff nach seiner Tasse und verzog dann angewidert das Gesicht.

»Geben Sie her. Ich mache Ihnen einen frischen.«

Er lächelte verlegen, liess mich aber hinter dem Tresen walten. Der Duft frisch gemahlener Bohnen erfüllte den Verkaufsraum.

Der Schnee draussen und die damit einher-
gehende Stille.

Die sanfte Musik im Hintergrund.

Ein Moment ausserhalb der Zeit.

Ein Moment zum Innehalten.

Ein Moment des Friedens.

»Ja, guten Morgen, ihr Lieben. Es schneit!«

Bärbel in voller Fülle. In der offenen Tür. Der
Lärm des Strassenverkehrs. Der kalte Wind, der
die Einladung einer offenen Tür freudig annahm
und hereinwehte.

»Und ich hab Croissants!«

Ihre Stimme unmöglich laut und triumphierend, der Blick ihr Publikum suchend.

Erste Taschenbuchseiten auf den Auslage-
tischen begannen zu applaudieren. Ich stellte die
Tasse vor Herr Biady hin, der aufgrund des
unerwarteten Erscheinens meiner Mutter ge-
schrumpft war.

Ein Effekt, den sie nicht nur auf ihn hatte.

»Wo ist Donnie?«, fragte sie. Ich ging auf sie
zu, holte sie von der Schwelle in den Laden und
schloss die Tür.

»Er müsste gleich da sein. Bis dahin könntest
du dich ja mal mit deiner Tochter unterhalten.«

Sie winkte mit der grossen Tüte ab. Ein
Hauch von frischem Gebäck streifte mich.

»Was für eine Idee. Und was würden wir den reden wollen?«

Ja, was wohl?

Sie verdrehte die Augen, stapfte an mir vorbei und legte die Croissants neben die Kasse.

Herr Biadys Schultern waren inzwischen auf seiner Augenhöhe – oder umgekehrt. Jedenfalls hatte er sich wieder der Zeitung zugewandt.

»Machst du mir einen Kaffee?«

»Aber klar doch.« Ich warf einen letzten Blick durch die Scheibe nach draussen. Deborah schob einen Kinderwagen vor sich her, ein Junge mit roter Zipfuchappa jagte mit offenem Mund Schneeflocken. Sie war aber noch zu weit weg, als dass ich ihr hätte ein Zeichen geben können. Im Restaurant gegenüber brannte nun Licht.

Ein Lieferwagen fuhr vorbei.

›Bei uns blüht Ihnen was‹«, stand darauf. Und darunter: ›Blumen für jeden Anlass.‹

Ich wandte mich wieder meiner Mutter zu und schickte mich an, ihr einen Kaffee zu machen.

KAPITEL 2

So aufgewühlt hatte sie ihre Freundin noch nie gesehen. Deborah Stöcklin wies ihren Sohn an, auf die fahrenden Autos zu achten – war er doch damit beschäftigt, möglichst viele Schneeflocken zu schlucken. Sie versuchte, die Bilder ihrer unordentlichen Wohnung aus ihrem Kopf zu verdrängen, die es später noch aufzuräumen galt, und winkte stattdessen Valerie in der Buchhandlung zu. Diese erwiderte den Gruss jedoch nicht, weil sie an der Kaffeemaschine hantierte. Einen Moment lang überlegte Deborah, den Laden zu betreten, entschied sich dann aber dagegen.

Wie jede Woche hatte Deborah sich mit ihrer Freundin Christine zum Kaffee getroffen. Die beiden kannten sich seit der gemeinsamen Schulzeit. Und obwohl Deborah ihre Freundin manchmal um ihre Freiheit beneidete, dachte sie sich dennoch ihren Teil, wenn Christine wieder einmal über die Auswahl an Männern herzog – diese flotten Mittvierziger, die auf dem Single-Markt zu finden waren.

Dieses Mal aber beunruhigte Christines Geschichte sie mehr, als sie zugeben wollte. Es war keine wirkliche Angst, die sie verspürte, sondern ein Unbehagen, das ihre Gedanken zu einem Ort tief in ihrem Inneren führte – einem Ort, den sie nicht wahrhaben wollte.

Christine war, wie sie erzählte, vor etwa zehn Tagen mehr zufällig als absichtlich mit dem Auto in die hintere Stossstange eines Therapeuten gefahren. Der Mann hatte plötzlich gebremst, und die Autokorrektur ihres Handys hatte die WhatsApp-Nachricht, die sie gerade schrieb, komplett durcheinandergebracht.

Seitdem stand ihr Kleinwagen in der Werkstatt.

Da ihr keine überzeugende Ausrede für ihren Fauxpas einfiel, konnte sie die darauf folgende Einladung des Therapeuten zu einem Kaffee kaum ablehnen. So trafen die beiden sich erneut. Und siehe da – der Mann war alleinstehend. Eigentlich geschieden. Mehrmals geschieden. Aber eben zurzeit Single.

Sehr schnell waren die beiden einander nähergekommen, hatten Themen gefunden, die

Gemeinsamkeiten nicht ausschlossen. Auf die erste Begegnung folgte eine zweite. Nach drei Tagen stand er mit einem Koffer auf der Schwelle ihrer Tür.

Mittlerweile besass er einen Schlüssel zu ihrer Wohnung.

Das ging Deborah ein wenig zu schnell, auch wenn ihre Freundin glücklich wirkte. Auf die Frage, wo er denn selbst wohnte, konnte Christine jedoch keine überzeugende Antwort geben. Stattdessen zeigte sie Deborah die liebevollen WhatsApp-Nachrichten, die er ihr regelmässig schickte – geschmückt mit unzähligen Emoticons. Solche Nachrichten wünschte sich Deborah insgeheim auch. Der Mann schien sich wirklich um Christine zu bemühen, kochte für sie, brachte kleine Geschenke.

Deborahs eigene Beziehung war hingegen stiller Alltag geworden, besonders seit der Geburt von Mia. Vielleicht sollte sie den Mut fassen und ihre Einsamkeit ansprechen? Sie schob den Gedanken beiseite. Eigentlich hatte sie doch alles, was sie brauchte. Die Zeiten würden sich schon wieder ändern – spätestens, wenn die Kinder etwas selbstständiger wurden.

Während sie so nachdachte, erreichte sie die Tankstelle neben dem Bahnhofzentrum.

»Komm her, Luca«, rief sie ihrem Sohn zu, da sie nun die Strasse überqueren mussten. Hier bogen die Autos manchmal etwas schnell von der Hauptstrasse ab.

Deborah erinnerte sich an eine Zeit, in der sie noch weniger Angst verspürt hatte. Seit Lucas Geburt überkam sie immer wieder das Gefühl, dass etwas geschehen könnte. Sie hielt an und richtete Mias Zipfuchappa, die ihr über die Augen gerutscht war. Das Kind behielt die Augen geschlossen und den rosa Schnuller im Mund. Sie war so ganz anders, als Luca es gewesen war.

Das Mädchen schlief jede Nacht durch, war tagsüber von ruhigem Wesen und meckerte nie. Ein gutes Zeichen dafür, dass das Leben es gut mit ihnen meinte.

»Ich hab Hunger«, sagte Luca und hängte sich an den Kinderwagen.

»Pass auf, Mia schläft. Der Wagen ist nicht zum Turnen gedacht.«

»Aber ich will etwas essen.«

»Du hast doch von Christine eine Kinderüberraschung bekommen. Und ein Weggli am Kiosk.«

Der Junge erwiderte nichts, lehnte sich stattdessen an sie und beobachtete einen SUV, der zur Tankstelle fuhr. Deborah verscheuchte das unangenehme Gefühl, wieder an etwas schuldig zu sein.

»Wir können etwas essen, wenn wir zuhause sind«, versprach sie.

»Aber ich hab jetzt Hunger.«

KAPITEL 3

Christine Antener hatte vorgegeben, noch einige Besorgungen machen zu müssen. In Wahrheit wartete sie nur darauf, dass ihre Freundin mit dem Kinderwagen ausser Sichtweite war. Zwar beneidete sie Deborah manchmal um ihr ruhiges Leben, doch insgeheim dachte sie sich stets ihren Teil, wenn Deborah sich über ihren Alltag beklagte. Ihre Freundin wirkte gestresst. Und glücklich war sie auch nicht, das spürte Christine.

Aber alles im Leben ist eine Wahl. Und wenn man mit seinem Leben nicht zufrieden ist, dann muss man eben neu wählen – eine Einstellung, die Christine sich schon lange angewöhnt hatte.

Mit zwei kleinen Kindern war das allerdings sicher nicht so einfach. Wie hatte Deborah bloss ihren guten Job bei einer Bank aufgeben können, nur um Kinder zu bekommen? Wo sie doch jahrelang darauf hingearbeitet hatte, finanziell unabhängig zu werden! Für Christine war das ein Horrorszenario.

Während sie ihrer Freundin nachblickte, regte sich das schlechte Gewissen. Ganz ehrlich war sie gerade nicht gewesen. Vielleicht redete sie sich selbst etwas ein, was ihre Gefühle anging. Dieses freudige Empfinden, dass sich jemand um sie bemühte, hatte Christine schon lange nicht mehr gespürt und brachte sie völlig aus dem Konzept.

Aber auch ihm gegenüber war sie nicht ehrlich gewesen. Und das musste sie jetzt in Ordnung bringen.

Sie trat aus dem Einkaufszentrum in den fallenden Schnee. Wie eigenartig. Die Fahrzeuge auf der Hauptstrasse machten plötzlich weniger Lärm, während sie vorbeifuhren. Etwas Leises hatte sich über den Alltag gelegt. Antener ging bewusst langsam, sog die kalte Luft tief in ihre Lungen ein. Vor dem Computerfachgeschäft prüfte sie ihr Haar im reflektierenden Schaufenster und zog den Mantel enger um sich.

Wer hätte im Dezember auch mit Schnee gerechnet?

Etwas in ihrem Gesicht verlangte nach ihrer Aufmerksamkeit. Sie trat näher, musterte das Make-up um ihre grünen Augen, die Brauen, und strich sanft über ihre vollen Lippen. Erst als sie wieder einen Schritt zurücktrat, sah sie den Mann am Schreibtisch drinnen, der sie beobachtete. Es war zu kalt, um erröten zu können. Also lachte sie die unangenehme Situation einfach weg und winkte ihm kurz zu.

Vielleicht war das mit dem Verabreden heutzutage ja doch einfacher, als sie es sich erlaubte.

Sie wandte sich ab und warf noch einen letzten Blick ins Geschäft. Der Mann schüttelte nun den Kopf.

Vielleicht doch nicht.

Er wäre ohnehin nicht ihr Typ gewesen. Sie liebte Abenteurer und Geschichtenerzähler.

Männer, die nach Möglichkeiten und Freiheit rochen und brav wieder heimgingen, wenn man Zeit für sich brauchte. Sie schüttelte den Schnee von ihren Schultern – und die Gedanken gleich mit.

Kurz darauf betrat sie die Räumlichkeiten der Zentrum-Garage. Gleich beim Eingang zog ein neues Modell ihren Blick auf sich. Dahinter stand ein weiteres Fahrzeug. Du wählst, ob du immer in der ersten Reihe sein willst.

Oder eben nicht.

Für Antener war es keine Frage mehr.

Die Neuigkeiten aus der Werkstatt waren alles andere als erfreulich, und ihr Wagen war auch nicht mehr der Jüngste. Der Kostenvoranschlag liess erkennen, dass die anstehenden Reparaturen mehr kosten würden, als der Wagen wert war.

Obwohl sie in diesem Moment genau wusste, was sie wollte, sagte sie der adretten Dame am Empfangstresen, sie müsse es sich noch überlegen. Das Angebot eines Ersatzfahrzeugs lehnte sie dankend ab und stand kurz darauf mit einer Visitenkarte in der Hand vor dem Gebäude.

Sie sah nach links, dann nach rechts. In der Gemeindeverwaltung gegenüber brannte Licht. Es war gefühlt kälter geworden. Vielleicht lag das aber auch daran, dass sie ihren Mantel im Geschäft anbehalten hatte.

Was nun?

Zu Fuss würde sie nicht weit kommen. Also musste sie zuerst das Autoproblem lösen.

Und dafür hatte sie bereits eine Idee.

KAPITEL 4

Donnie hastete an der Autowerkstatt vorbei und grüsste im Vorbeigehen eine Frau, die etwas verloren auf dem Gehweg stand. Sie trug einen braunen Mantel, der so gar nicht in das Schneetreiben passen wollte. Ihr dunkles Haar war von Schneeflocken gesprenkelt. Schwarze Halbstiefel schmückten ihre Füsse – genau das, was gerade in Mode war. Ein Hauch von süssem Parfüm lag in der Luft.

Donnie war spät dran, und das machte ihn nervös – zumindest war das die Erklärung, die er sich zurechtgelegt hatte. In seinem Herzen sah das jedoch ganz anders aus. Seit der Kreuzfahrt ging ihm Valerie selten aus dem Kopf. Er hatte einmal gelesen, dass man Menschen, die einem wichtig sind, daran erkennt, dass man ständig an sie denken muss. Also war es wohl richtig, den nächsten Schritt zu wagen. Doch da waren immer noch der

Altersunterschied von sieben Jahren und die Tatsache, dass sie zusammenarbeiteten.

Vielleicht machte er sich aber auch einfach wieder einmal zu viele Gedanken.

Donnie liess seine Zweifel draussen, als er die Buchhandlung betrat. Es war die kleine Glocke am Eingang, die ihn verriet.

Ein Hauch von Erleichterung huschte über Herrn Biadys Gesicht. Donnie nickte ihm kurz zu. Valerie lächelte, und Bärbel stieg etwas umständlich von ihrem Barhocker.

»Da ist ja der geliebte Schwiegersohn.«

»Auch dir einen schönen guten Morgen, Barbara«, sagte Donnie mit seinem charmantesten Lächeln und zog seine Jacke aus, während er an der Kasse vorbeieilte, um sie im kleinen Raum dahinter aufzuhängen. »Tut mir leid, dass ich zu spät bin.«

Valerie winkte nur ab und machte ihm einen Kaffee.

»Ich habe Croissants mitgebracht«, verkündete Bärbel.

»Wie schön! Haben Sie schon eins bekommen?«, fragte Donnie Herrn Biady, während er die Tasse dankbar von Valerie entgegennahm. Er und sie brauchten keine Worte mehr, um sich zu verstehen – eine Vertrautheit, die ihm manchmal Angst machte.

Herr Biady schüttelte den Kopf.

»Aber ...«, protestierte Bärbel, als Donnie die Tüte hinhielt, »die sind doch ...«

»Ich nehm eh keines«, unterbrach ich sie und widmete mich wieder der blauen Kiste mit den Büchern, die der Fahrer am Morgen gebracht hatte.

»Aber ...«, stotterte Bärbel.

Herr Biady zögerte, errötete und griff schliesslich zu. »Danke.«

»Sie haben sich schon entschieden?«, fragte Donnie und liess seinen Blick über den Stapel gleiten. Man konnte fast sehen, welche der Bücher ihm besonders am Herzen lagen.

»Donnie, wir müssen reden«, sagte Bärbel und setzte sich wieder auf den Hocker. Donnie stellte seine Tasse ab und beugte sich ein Stück näher zu ihr, sodass sein Gesicht nur noch wenige Zentimeter von ihrem entfernt war. Sie schluckte leer und machte plötzlich grosse Augen.

»Worüber denn, geliebte Schwiegermutter?« Er blinzelte mehrfach, während er sprach. Bärbels Kopf wurde rot.

»Hast du mich gerade *Schwiegermutter* genannt?«

»Hab ich das?«

»Das machst du richtig gut.«

»Was denn?« Donnies Stimme wurde immer sanfter.

»Das weiss ich auch nicht. Aber wir müssen reden.«

»Und worüber?«

»Über eure Zukunft.«

Donnie tauschte einen Blick mit Valerie.

»Hab ich's mir gedacht!«, triumphierte Bärbel. »Mir sagt ja niemand etwas. Zum Glück verfüge ich über eine ausgeprägte Intuition. Die hat mir heute Morgen gleich geflüstert, dass da was im Busch ist.«

Donnie lächelte. »Welchen Busch meinst du?«

»Tu nicht so. Ich weiss es einfach. Ich kenne meine Tochter, als hätte ich sie selbst gemacht.«

Donnies Augenbrauen formten für einen kurzen Moment eine unausgesprochene Frage, während er Valerie erneut ansah.

»Darf ich kurz mit Herrn Biady die neuen Krimis anschauen?«, fragte er dann.

»Aber nur kurz. Ich hab auch nicht den ganzen Tag.«

»Danke.« Donnie richtete sich auf, lächelte, nahm seine Tasse und wandte sich Herrn Biady zu.

»Ich hab da was für Sie«, sagte er und verliess den Tresen in Richtung des Tisches mit den Krimi-Neuheiten.

»Aber bitte nicht so wie der letzte, den Sie mir empfohlen haben. Der ergab keinen Sinn«, meinte Biady und verliess hastig seinen Barhocker, nur um zu bemerken, dass er das Croissant noch in der Hand hielt. Etwas unbeholfen machte er einen Schritt zurück und legte es, unter Bärbels wachsamen Augen, neben seine Tasse.

»Es ergibt immer einen Sinn«, sagte Donnie. »Allerdings manchmal nur für den Täter. Und genau da liegt die ganze Magie des Lesens: einen Moment mit dem Autor verbringen, ihm über die Schulter schauen und darauf vertrauen, dass er uns etwas Neues zeigen wird.«

Als die Tür hinter Donnie aufging, wusste dieser ohne sich umzudrehen, werda hereinkam.

Ein süsser Duft ging der Frau voraus.

KAPITEL 5

Der braune Frühlingsmantel der Frau passte nicht zum winterlichen Ambiente. Bei den Temperaturen musste sie göttlich frieren. Ich warf meiner Mutter einen warnenden Blick zu und trat hinter dem Tresen hervor.

»Was für ein Wetter.«

Die Frau blickte kurz aus dem Fenster, als hätte sie den Schneeeinbruch gar nicht bemerkt. Die anfangs kleinen Flocken waren mittlerweile grösser geworden, und einige hatten sich in ihrem Haar verirrt, wo sie nun schelmisch glitzerten.

Draussen fiel der Schnee immer dichter.

»Unglaublich ...«, sagte sie, beendete den Satz jedoch nicht. Es wirkte, als wartete sie darauf, dass jemand anderes ihn für sie vollendete. Ihr Parfüm, üppig und blumig, erzählte von einer anderen Jahreszeit und breitete sich ungeniert im Raum aus. Eine florale Geiselnahme.

»Ich lese nicht viel, muss ich zugeben. Aber ich brauche ein Geschenk.« Sie lächelte verlegen.

»Wir sind alle auf der Suche nach etwas, nicht wahr?«

Sie nickte und liess ihren Blick über die bunten Buchdeckel gleiten.

»Für wen ist denn das Geschenk?«

»Ein Mann«, antwortete sie und fügte hastig hinzu: »Ich kenne ihn nicht wirklich, müssen Sie wissen ...«

War da eine leichte Befangenheit in ihrem Gesicht zu erkennen? Ich blickte zu Donnie hinüber, aber der war ins Gespräch mit Biady vertieft.

»Was liest er denn normalerweise?«

»Das kann ich Ihnen nicht sagen.«

»Wie ist er denn so?«

»Wer?«

»Na, der Mann.«

Einen Moment hielt sie meinem Blick stand, dann kehrte die Unsicherheit zurück. »Nun, er ist, würde ich sagen, vielseitig orientiert, liest auch viele Magazine und Zeitschriften.«

»In welchem Alter?«

»Wie alt?« Wieder dieser Blick, als befände sie sich im falschen Film. »Ich schätze, keine fünfzig.«

»Ein Krimi vielleicht?«

»Nein, kein Krimi. Ich meine ... eher nicht.«

»Etwas Historisches?«

Sie antwortete nicht.

»Vielleicht ein Roman mit wissenschaftlichem Hintergrund?«

Sie bewegte den Kopf unschlüssig hin und her.

»Haben Sie nicht etwas ... ich weiss nicht ... was ist denn gerade angesagt?«

»In den Bestsellerlisten, meinen Sie?«

»Ja, was steht aktuell auf Platz eins?«

Ich gab mich geschlagen, machte die zwei Schritte zum Hardcover-Regal und reichte ihr das Buch. Sie warf einen kurzen Blick auf die Illustration und gab es mir zurück. »Das nehme ich.«

»Vielen Dank. Darf ich es Ihnen als Geschenk einpacken?«

»Das wäre hilfreich, ja.«

Im Vorbeigehen warf ich meiner Mutter einen weiteren warnenden Blick zu. Sie hatte natürlich die ganze Szene mitbekommen und wusste um meine Hassliebe zu den Bestsellerlisten. Diese Bücher musste man einfach im Laden haben, auch wenn ihr Erfolg oft eher marketingtechnisch erklärbar war als inhaltlich fundiert.

Ihre Augen grinsten ungeniert, doch sie hatte die Klugheit, nichts dazu zu sagen.

Ich scannte die ISBN-Nummer ein, entfernte den Preiskleber und begann, das Buch einzupacken, als die Frau wieder an die Kasse trat.

»Aber bitte ohne den Kleber des Geschäfts, ja?«

Mitten in der Bewegung hielt ich inne. Im Augenwinkel sah ich, wie meine Mutter sich wegdrehte.

Ich atmete kurz durch, befestigte den bereits losgelösten Kleber auf dem Tresen. Die Kundin hatte sich wieder abgewandt. Ich musste nicht lang überlegen, griff nach einem der Buchzeichen, auf dem unser Logo ganz gross drauf zu sehen war, steckte es ins Buch und machte das Geschenk fertig. Lächelnd aktivierte ich dann das Kartenterminal und steckte das Buch samt Quittung in eine Tüte.

»Vielen Dank«, sagte ich betont freundlich. Kurz darauf läutete das kleine Glöckchen, als sich die Tür hinter ihr schloss.

In der Buchhandlung blieb ein Hauch von süssem Parfüm – und das leise Lachen meiner Mutter.

KAPITEL 6

Bärbel Zumstein verliess die Buchhandlung einige Minuten später mit jener freudigen Dankbarkeit, die ein schöner Moment manchmal mit sich bringt. Weder der immer noch fallende Schnee noch die Fahrzeuge der Gemeinde, die in beide Richtungen die Schneemassen von der Hauptstrasse schoben, zogen ihre Aufmerksamkeit auf sich. Die Autos rollten nur noch im Schritttempo – ein Anblick, der sie unbewusst anspornte, schneller zu gehen.

So erreichte sie das Bahnhofszentrum oben an der Hauptstrasse völlig ausser Atem, aber in Rekordzeit. Das Stechen in ihrer Brust schob sie auf die kalte Luft, die bekanntlich in den Lungen Schmerzen auslösen kann. Sie schüttelte sich, als sie das warme Gebäude betrat. Schneeflocken fielen zu Boden. Gerade wollte sie nach einem Einkaufskorb greifen, als sie jene

Dame im braunen Mantel erblickte, die gerade noch in der Buchhandlung gewesen war. Diesmal hielt die Frau eine einzelne Rose in den Fingern.

Das war ihre Chance.

Bärbel war von Natur aus menschen-interessiert. Ein Buch und eine Rose? Für einen Mann? An einem Vormittag mitten ind er Woche? Das musste ja ihre Neugier wecken.

Kurzerhand stellte sie den Einkaufskorb zurück, zog ihr Handy hervor und näherte sich der Frau, die gerade versuchte, ihre Brieftasche in eine – wie Bärbel fand – viel zu kleine Handtasche zu stopfen. Während sie so tat, als wäre sie in ein intensives Telefongespräch vertieft, liess sie sich absichtlich ein Stück zur Seite driften und stiess die Frau sanft an. Die Brieftasche fiel zu Boden.

»Tschuldigung«, murmelte Bärbel und deutete verlegen auf das Telefon in ihrer Hand – als ob das alles erklären würde. Als ob das die Umstände wieder gutmachen könnte.

Einen kurzen Moment lang schien es, als würde die Frau explodieren. Doch als Bärbel sich hastig nach der Brieftasche bückte und sie ächzend aufhob, entspannte sich die Situation. Einige Karten schauten nun aus der Brieftasche heraus, die Bärbel sanft mit ihrem Handy wieder hineinschob. »Ich bin manchmal so ungeschickt«, sagte sie versöhnlich. »Aber vielleicht kennen Sie das?«

»Nein, das kenne ich nicht.« Die Frau schien Bärbel nicht wiederzuerkennen. »Halten Sie mir bitte kurz die Blume?«

Verdutzt stand Bärbel plötzlich mit der Rose in der Hand da, während die Frau ihre Brieftasche verstaute.

»Ein schönes Exemplar haben Sie da ergattert. Die haben nicht immer solche hier. Da wird jemand Freude haben, wenn Sie die verschenken.«

Die Frau ging nicht darauf ein. »Danke«, sagte sie knapp und nahm Bärbel die Blume wieder aus der Hand.

»Aber gern doch.«

Stirnrunzelnd blickte Bärbel ihr nach, als die Frau das Einkaufszentrum durch den Ausgang bei der Poststelle verliess. Sie hielt immer noch ihr Handy in der Hand und wurde das frustrierende Gefühl nicht los, einfach stehen gelassen worden zu sein.

»Blöde Kuh«, murmelte sie.

Wenigstens hatte sie den Namen sehen können. Was wohl diese Christine Antener mit einem Buch und einer Rose an einem Morgen bei einem Mann bewirken wollte?

»Hast du einen Yeti gesehen?«

Bärbel fuhr herum. Hanni Ufholz, ihre langjährige Freundin, stand urplötzlich und unverhofft vor ihr – in grünen Hosen, braunem Mantel und gelbem Schal. Sie trug rosa Handschuhe, und ihre Augen funkelten mit den Schneeflocken in ihrem Haar um die Wette.

Bärbel verdrehte die Augen. »Du hast mir gerade noch gefehlt!«

»Danke, danke. Ich fühle mich gleich viel besser. Kaffee?«

Bärbel warf noch einen Blick zum Ausgang, seufzte dann. »Wenn's sein muss.«

»Komm, du siehst nämlich aus, als könnte ich einen vertragen.«

Bärbel verstaute ihr Handy, und eine Minute später zog sie im *Pöschtli* nebenan ihre Jacke aus.

Draußen hasteten Menschen den Schneeflocken hinterher. Oder wurden von ihnen vertrieben. So genau konnte man das nicht sagen.

»Also, erzähl mal ...«, forderte Hanni sie auf, nachdem sie ihren Kaffee bestellt hatten. »Wer ist der Yeti und wer kriegt die letzte Rose?«

KAPITEL 7

Das ging ja einfacher als erwartet. Zufrieden, aber vorsichtig bog Christine Antener von der verschneiten Auffahrt in die Brugerastrasse ab. Er hätte ruhig die Auffahrt freiräumen können. Marc stellte keine Fragen, packte das Buch nicht einmal aus und die Rose lag sicher immer noch auf dem Tisch. Seine Tochter war herumgeschlendert – unerwartet. Christine hatte nicht mit ihr gerechnet, aber schnell begriffen, dass ihre Anwesenheit ihr in die Karten spielte. Das Kind wollte so viel wie möglich von dem mitbekommen, was da vor sich ging, und lungerte deshalb herum wie eine Katze auf Mäusejagd.

Christine kämpfte mit ihrer Geduld. Die Fahrzeuge fuhren im Schritttempo. Sehen konnte sie trotz Scheibenwischer nicht viel, aber wenigstens funktionierte die Heizung.

Langsam fuhr sie die Bahnhofstrasse zum Verkehrskreisel hinunter.

Ein in sich gekehrtes, pummeliges Gör. Vielleicht zehn Jahre alt, vielleicht auch zwölf. So genau hatte sie sich nicht für sie interessiert. Grosse Augen hinter einer grossen Brille. Jedes Mal fühlte sich Christine unintelligent, wenn das Mädchen sie ansah. Als könnte sie mit einem einzigen Blick ihre tiefsten Unsicherheiten offenlegen. Christine fröstelte und drehte die Heizung höher.

Marc war noch abwesender gewesen als sonst, was durchaus seine Vorteile hatte – keine lästigen Fragen, kein Gejammer.

Als sie ihn kennenlernte, war er noch nicht wirklich getrennt gewesen. Aber er hatte gut ausgesehen, und im Bett konnte er durchaus mit anderen Bekanntschaften aus den Dating-Portalen mithalten. Er war wohlhabend und hatte Manieren.

Langsam fuhr sie am Einkaufszentrum vorbei und musste jählings abbremsen, um nicht einen Mann mit schwarzem Regenschirm zu überfahren, der plötzlich vor ihrem Auto auftauchte. Er gestikulierte überrascht. Christine atmete tief durch, erreichte schliesslich den Verkehrskreisel und schaffte es gerade nicht, vor dem grossen Fahrzeug mit dem Schneepflug abzubiegen. Seufzend reihte sie sich dahinter ein, hielt jedoch grösseren Abstand, als Salz auf das Auto spritzte.

Genügend Abstand – das war nun angesagt.

Am Anfang war die Beziehung zu Marc wie ein Segen gewesen. Ein-, zweimal die Woche übernachtete sie bei ihm, liess sich bekochen. Dann plötzlich wollte er mehr aus ihrer Beziehung machen. Damit kamen die Geschichten aus seiner Vergangenheit. Christine musste sich eingestehen, dass es komplizierter wurde. Marc hatte sich von einer Beziehung in die nächste geflüchtet. Manche Frauen hegten noch Groll gegen ihn, eine sogar Hass.

Dann waren da die Nachbarn, Gesprächsthema Nummer eins.

Soweit sie es verstanden hatte, waren sie zu neugierig, und er in ihren Augen ein schlechter Nachbar und verantwort-ungsloser Vater. Daher musste man ihn wohl ständig überwachen.

Er duldete all das seit geraumer Zeit mit einer Art depressiver Resignation.

Da kam ihr der Therapeut gerade recht.

Es war Zeit, etwas Neues zu beginnen.

Sie grinste und schaltete das Radio an, während sie sich langsam dem zweiten Kreisel näherte, der sie endlich zur Autobahneinfahrt bringen würde.

Vorerst war sie dankbar für den Wagen. Schluss machen konnte sie ja später immer noch.

KAPITEL 8

Der Anruf ging um 18:32 Uhr in der Notfallzentrale ein.

Der Disponent leitete die Informationen an Andreas Thalmann weiter. Thalmann sah zum leeren Büro seines Kollegen Chollet hinüber, seufzte, stand auf und griff nach seiner Jacke.

»Daniela?«, rief er durch die offene Tür.

Burri streckte den Kopf aus ihrem Büro.

»Wir müssen los.«

»Alles klar.«

Sie holte ihn im Flur ein. »Ist Dominik ...?«

»Immer noch krank, ja.«

Daniela stellte keine weiteren Fragen zu ihrem Kollegen, der nun schon die zweite Woche ausfiel. »Wohin geht's?«

Thalmann zuckte mit den Schultern. »Niemand weiss das so genau ...«

Daniela lächelte. »Ich meinte, wohin wir fahren.«

Ein Anflug von Erleichterung huschte über Thalmanns Gesicht. Er warf einen kurzen Blick auf das Post-it in seiner Hand, auf dem er die Adresse notiert hatte. »Düdingen. Eine Emily Brunner.«

»Und?« Sie sah ihren Kollegen von der Seite an.

»Laut der Zentrale ist die Lage unklar. Sie wirkte verwirrt, sprach von einem Toten.«

Thalmann nahm den kürzesten Weg, auch wenn die Zähringerbrücke für den öffentlichen Verkehr nicht mehr zugänglich war.

Daniela sah zur Poyabrücke hinüber. Das Schrägseilkonstrukt führt seit 2014 über eine Länge von 851,6 Metern den öffentlichen Verkehr über die Saane. Die Schrägseilbrücke mit der grössten Spannweite der Schweiz. Daniela erinnerte sich an die lebhaften Debatten im Vorfeld. Mittlerweile gehörte die Brücke zu den Wahrzeichen der Stadt, auch wenn das vielleicht einigen immer noch nicht passte. Fakt war, dass es seit der Umleitung des Verkehrs sehr ruhig in den Quartieren um die Kathedrale geworden war – ein Umstand, von dem Thalmann nun profitierte.

Es schneite noch, wenn auch weniger heftig.

Die Stille war spürbar.

Über das Schönbergquartier und Sankt Wolfgang erreichten sie schliesslich Düdingen. Thalmann bog neben dem Einkaufszentrum in Richtung Primarschule ab. In der Brugerastrasse stand eine Frau am Strassenrand, ihre Arme um ihren roten Mantel geschlungen, als wäre es das Letzte, was ihr geblieben war. Das Tor zur Einfahrt stand offen. Thalmann parkte direkt neben ihr. Auch so konnte Daniela sehen, dass Emily Brunner fror.

»Frau Brunner?« Thalmann war ausgestiegen und hatte die Tür offengelassen. Kalte Luft wehte ins Fahrzeug. Daniela stieg aus, und Schneeflocken setzten sich auf ihre Nase. Sie sah kurz zum Himmel, dann zu Brunner hinüber. Die Frau hielt ihr Handy an sich gepresst und zitterte am ganzen Körper. Daniela blickte in die Einfahrt. Frische Reifenspuren, auch wenn der Schnee sie schon fast wieder zugedeckt hatte.

»Ich bin Andreas Thalmann, das ist Daniela Burri.«

Daniela holte eine Decke aus dem Kofferraum. »Warum haben Sie nicht drinnen auf uns gewartet?«

Die Frau sah sie dankbar an. »Ich geh da nicht mehr rein.« Und plötzlich traten Tränen in ihre

Augen, Verzweiflung ins Gesicht. Doch da war auch etwas anderes – Wut?

Daniela blickte zum Haus hinüber, dessen Silhouette sich im Schneetreiben teilweise ihrem Blick entzog.

»Er ist tot«, sagte Brunner knapp.

»Wer ist tot?«, fragte Thalmann.

»Marc.«

»Wer ist Marc?«

»Mein Ex.«

Thalmann und Burri tauschten Blicke aus.

Während er bei Brunner blieb, ging sie in den alten Reifenspuren auf das Haus zu. Die Fussabdrücke Brunners waren noch deutlich zu sehen. Das Auto musste vor der Garage gestanden haben.

Daniela folgte den Spuren bis zur Tür im Garagentor, die offen stand. Die Frau war also durch die Garage ins Haus eingetreten.

Macht man das bei seinem Ex so? Hatte die Brunner einen Schlüssel, oder konnte man jederzeit durch diese Tür ins Haus?

Daniela klopfte an, gab sich lautstark zu erkennen, erhielt aber keine Reaktion. Vorsichtig ging sie den Flur entlang, dann die Treppe hinauf und stand schliesslich in einem grossen Wohnzimmer. Ein halbrunder Wintergarten,

Stufen, die in eine weiss gekleidete Grünfläche mündeten. Eine offene Schiebetür. Bewegte Vorhänge im kalten Wind.

Sie sah sich weiter um. Eine einzelne rote Rose neben einem Geschenk auf der Glasplatte des Beistelltisches, beide noch unausgepackt. Das Geschenkpapier kam ihr bekannt vor. Woher kannte sie es?

Sie umging die grosse Polstergruppe, die zu den Fenstern ausgerichtet war, und bemerkte die Kissen auf dem Boden, ein Glas Wasser, eine Tüte vom Beck, ein angebrochenes Croissant. Ein Stapel Bücher, eine Lesebrille. Der Ort wirkte verlassen. Kalt.

Vorsichtig bewegte sie sich zur offenen Terrassentür. Ihre Augen folgten den fast verwehten Spuren im Schnee.

Und da lag er, keine zehn Meter von ihr entfernt. Hatte Brunner nicht versucht, ihm zu Hilfe zu eilen? Was tat er da draussen bei diesem Wetter, ohne Mantel?

Sie näherte sich ihm, machte neue Spuren im Schnee. Er lag auf dem Bauch. Daniela ging in die Hocke und drehte ihn vorsichtig um. Sein Körper fühlte sich steif an, die Augen weit aufgerissen. Seine Hände umklammerten seinen Hals – eine Geste, die seine Angst in den letzten

Minuten spürbar machte. Als sie genauer hinsah, beschlich sie das Gefühl, der Tote habe versucht, sich Raum um den Hals zu verschaffen. Das T-Shirt war dabei in Mitleidenschaft gezogen worden. War er erstickt? Er musste Schmerzen gehabt haben. Mit zwei Fingern versuchte sie trotzdem, den Puls zu erspüren, fand aber nur kalte Haut.

Daniela richtete sich auf und sah sich um. Nichts deutete darauf hin, dass hier noch jemand anderes gewesen war. Keine Spuren ausser den kaum noch sichtbaren von Marc und ihren eigenen. Herzinfarkt? Aber warum war er nach draussen gegangen? Warum keinen Notruf absetzen? Erst jetzt bemerkte sie, dass der Tote nur Socken anhatte.

Sie schüttelte kurz den Kopf, umrundete schliesslich das Anwesen, fand aber keinen weiteren Hinweis. Als sie mit Thalmann Blickkontakt aufnahm, schüttelte sie nur den Kopf und forderte Verstärkung an, bevor sie zu ihnen trat.

Während nun Thalmann seinerseits das Haus in Augenschein nahm, wartete Daniela bei der Frau.

»Mein aufrichtiges Beileid.«

Die Frau schniefte. »Wir sind nicht geschieden, nur getrennt.«

Daniela fragte sich, warum diese Information der Frau jetzt so wichtig erschien.

»Und warum kamen Sie her?«

Brunner sah sie verständnislos an. »Na ... wegen meiner Tochter natürlich.«

»Tochter?« Daniela hatte bisher keine Anzeichen für die Präsenz eines Kindes gesehen.

»Ich wollte doch nur Tamara abholen«, stammelte Brunner, ihre Stimme bebte vor Verzweiflung.

»Wo ist Tamara jetzt?«

Brunner konnte ihre Tränen nicht mehr zurückhalten. Ein stummer Aufschrei ging durch ihren ganzen Körper. »Ich weiss es nicht!«, schrie sie Burri an.

Daniela reagierte nicht und wartete geduldig, bis Brunner sich etwas beruhigt hatte. In der Ferne war das dringende Heulen einer Ambulanzsirene zu hören.

»Ich bin sicher, wir werden sie schnell finden. Das Haus ist gross ...« Daniela biss sich auf die Lippen und liess den Satz unbeendet. Aus eigener Erfahrung wusste sie, dass die schwersten Stunden noch vor ihnen lagen.

»Und Marc war ...?«

»... Tamaras Vater, ja. Ich habe Angst.«

KAPITEL 9

Biady war längst mit einem Stapel Bücher in einer weihnachtlich anmutenden Tüte im Schneetreiben verschwunden. Es war früher Nachmittag geworden. Donnie reinigte die Kaffeemaschine. Ich kontrollierte Lieferscheine, denn eine Kundenbestellung fehlte. Hatte ich sie irrtümlich eingereiht?

»Ready for Pizza?«

»Was?«

»Hast du etwa vergessen?«

Ich lächelte matt. »Nein, natürlich nicht. Ich habe auch schon einen Bärenhunger.«

»Wann hast du den nicht?«

Ich warf ihm den Kugelschreiber zu, dem er elegant auswich, indem er hinter dem Tresen abtauchte.

Eine Ambulanz zog mit Blaulicht und Sirene vorbei. Hoffentlich war da nichts Schlimmes passiert.

»Nun, wenn das so weiterschneit, nehmen wir den Schlitten.«

Ich trat ans Schaufenster, konnte aber die Pizzeria *Da Antonio* von hier aus nicht sehen. Die Buchhandlung war dafür schlecht platziert.

Einmal mehr spürte ich, wie unkonzentriert ich heute war. In mir erwachte jene leise Nostalgie, die mich jedes Jahr vor Weihnachten überfiel. Was wollte ich eigentlich beim Schaufenster? Ach ja, die Kundenbestellung.

Während Donnie im kleinen Räumchen verschwand, fand ich das gesuchte Buch im Regal. Aus den Lautsprechern ertönte ein englisches Weihnachtslied.

»Donnie, wir haben erst Anfang Dezember. Können wir das mit dem Weihnachtsradio noch lassen? Nur ein, zwei Tage?«

»Ja, aber es schneit.«

»Donnie.«

»Apropos, hast du den Samichlaus organisiert?«

»Er hat zugesagt, ja.«

»Das wird der Renner, zumal der 6. dieses Jahr auf einen Mittwoch fällt. Alle Kids haben nachmittags schulfrei.«

»Genau das befürchte ich.«

»Dass wir den Laden voll haben und ganz viele Bücher verkaufen werden?«

»Und sonst rennst du ihnen als Schmutzli hinterher?«

»Wieso nicht? Könnte für Gesprächsstoff sorgen. Ich sehe schon die Schlagzeilen: ›Junger Buchhändler jagt Jugendliche durch Düdingens Strassen‹.«

»Die sollten auf alle Fälle die Internetseite der Buchhandlung im Artikel erwähnen.«

»Ich habe schon geübt.«

Donnie kam hinter dem Tresen hervor und stellte sich theatralisch hin. »Gestatten, Knecht Ruprecht, in fünfzehnter Generation Gehilfe des heiligen Nikolaus.« Er tat so, als würde er einen Hut abnehmen, und verneigte sich, während Frank Sinatra ein feierliches ›Have Yourself a Merry Little Christmas‹ anstimmte.

»Rasselnde Schellen, Geschenkekorb und Rute stehen bereit. War eine gute Idee von mir, oder?«

Ich lächelte. »Der Samichlaus in der Buchhandlung. Warum nicht? Ich muss nur noch den Giffers-Tee organisieren.«

»Die kleinen Geschenke habe ich schon bestellt. Sie sollten bald da sein. Mandarinen, spanische Nüssli, Schokotaler, Läbchueche in

Jutesäckchen. Wusstest du, dass die Erdnüsse ursprünglich aus dem Andengebiet stammen? Die Spanier brachten sie erst Ende des 18. Jahrhunderts nach Europa. Deshalb heissen sie auch spanischi Nüssli. Aber eigentlich sind es gar keine Nüsse. Botanisch gesehen handelt es sich um eine Hülsenfrucht und ist mit Erbsen und Bohnen verwandt.«

Er hob den Kugelschreiber auf. Ich zog die Augenbrauen hoch. »Ich esse also rohe Erbsen?«

»Faktisch, ja. Aber sie dürfen auf keinen Fall fehlen. Ach ja, die Lebkuchen haben alle ein Bild vom Samichlaus vorne drauf. Ich fand das so richtig nostalgisch.«

»Das kostet sicher extra.«

»Nun ja, der Preis ist definitiv nicht vintage.« Er legte den Kugelschreiber, den ich geworfen hatte, auf meinen Stapel Lieferscheine.

»So, so ...«

Und Bing Crosby sang ›It's Beginning to Look a Lot Like Christmas‹.

»Ich konnte nicht anders. Die waren einfach zu süss. Du wirst begeistert sein, wenn du sie siehst. Und unsere Kunden erst ... die werden noch Jahre davon schwärmen. Kinder werden die Bilder in grosse Bücher legen, um sie zu pressen und zu behalten, und ihren Enkelkindern erzählen, wie ...«

Ich verdrehte die Augen und nahm einen tiefen Atemzug.

»Was denn ...? Was habe ich gesagt?«

Meine Augenbrauen gingen in die Höhe. Wo war ich stehen geblieben?

Ach ja, die Kundenbestellung.

KAPITEL 10

Daniela sah Valerie hinter der Kasse stehen, als der Streifenwagen an der *guten Seite* vorbeifuhr. Donnie hatte der Strasse den Rücken zugewandt und gestikulierte wild mit den Armen. Manchmal beneidete sie die beiden.

Doch was für Daniela so offensichtlich war, schien für die beiden unsichtbar zu sein.

Der Arzt hatte Marc Brunners Tod bestätigt, wollte sich aber zur Todesursache noch nicht äussern. Die Spurensicherung war alarmiert worden.

Thalmann hatte einen improvisierten Suchtrupp für die verschwundene Tochter zusammengestellt. Ein schwieriges Unterfangen bei dem ganzen Treiben. Wohin würde eine Zehnjährige gehen? Hatte sie ihren Vater sterben sehen? Oder war da noch jemand anderes, vor dem sie geflohen war? Von wem waren die

Geschenke? Wo war Brunners Wagen? Und wo sein Handy?

Daniela versuchte nicht an die Möglichkeit einer Kindesentführung zu denken. Es hätte Spuren eines Kampfes geben müssen. Und warum sollte jemand am helllichten Tag ein Mädchen aus dem Haus ihres Vaters entführen? Aber was, wenn sich Tamara im Wagen versteckt hatte und jemand diesen mitlaufen liess?

Sie sah in den Rückspiegel. Die Frau wirkte blass, ausgezehrt. Doch sie sass aufrecht, den Blick starr nach draussen gerichtet. Sie hatten ihr angeboten, sie nach Hause zu fahren.

Daniela hegte die schwache Hoffnung, dass Tamara dort bereits auf sie warten könnte. Aber welche ihrer eigenen Ängste wollte sie mit dieser Vermutung beruhigen?

Ihre Hoffnung währte nur kurz.

Die Wohnung bestand aus einem Schlafzimmer und einem grossen Wohn- und Essbereich. Brunner schien sich dafür zu schämen. Sie könne sich momentan nichts anderes leisten, sagte sie. Ihr Ex-Mann würde keinen Cent zahlen. Zum Glück seien Schlafsofas heute von wirklich guter Qualität.

»Sie haben sich nie scheiden lassen?«, fragte Daniela, als Brunner sich an den Küchentisch setzte.

»Nein.«

»Warum nicht?«

»Vielleicht hätte ich es tun sollen.« Sie verstummte.

»Hatten Sie Angst, ihn dadurch endgültig zu verlieren?«

»Ich will nichts von ihm. Ich brauche niemanden wie ihn in meinem Leben. Ich habe genug gelitten.« Ihre Augen funkelten, als sie Daniela direkt ansah.

»Wann haben Sie heute Morgen Tamara zu ihm gebracht?«

Brunner sah zur Uhr an der Wand hinüber. »Um acht Uhr.«

»Sie gingen zu Fuss?«

»Ich habe kein Auto.«

Thalmann runzelte die Stirn. »Wie wirkte er auf Sie?«

Sie überlegte kurz, dann zuckte sie mit den Schultern. »Wie immer.«

»Nichts Besonderes?«

»Er klagte über Magenkrämpfe. Aber er beklagt sich ständig über irgendetwas …«

»Also kein ungewöhnliches Verhalten?«

Brunner schüttelte den Kopf.

»Waren Sie heute Morgen im Haus?«

»Nein, ich musste sofort weiter.«

»Was haben Sie dann gemacht?«

»Ich arbeite in Bern, in Teilzeit, in einem Café.«

»Und Sie waren in Bern bis heute Abend?«

Sie nickte stumm.

»Wo arbeiten Sie genau?« Thalmann notierte sich die Informationen.

»Möchten Sie etwas trinken?«, fragte Daniela. Brunner bejahte, dankbar.

»Hatte Ihr Ex-Mann Feinde?«

Daniela nahm ein Glas aus dem Schrank neben dem Spülbecken und füllte es mit Leitungswasser.

»Ich weiss nicht. Der Gedanke ist mir noch nie gekommen. Er hatte immer wieder Meinungsverschiedenheiten mit den Nachbarn.«

»Weswegen denn?«

»Da müssten Sie die Fischers fragen.«

Daniela nahm das Glas, reichte es Brunner, die daran nippte und es dann vor sich hinstellte.

»Es tut mir leid, Ihnen diese Frage stellen zu müssen, aber war Ihr Ex-Mann krank?«

»Er litt schon immer an einer heiklen Gesundheit, schon damals, als wir noch zusammen waren. Ich erinnere mich an Diabetes. Die anderen Krankheiten habe ich vergessen.«

»Verstehe. Und was machte er beruflich?«

»Das kann ich Ihnen auch nicht genau sagen. Früher war er Kaufmann, und jetzt arbeitete er selbstständig.«

»Wann haben Sie sich getrennt?«

»Vor drei Jahren, drei Monaten und zwei Tagen.«

»Das ist aber erstaunlich genau.«

»Man wird ja auch nicht jeden Tag rausgeworfen.«

»Er hat die Beziehung beendet?«

»Nicht er. Eine ›sie‹ hat unsere Beziehung beendet.«

»Ich verstehe. War er immer noch …?«

»Ganz sicher. Ich habe irgendwann aufgehört zu zählen.«

Die beiden Polizisten tauschten einen Blick.

»Haben Sie jemanden, der jetzt für Sie da sein kann?«, fragte Daniela. Brunner schüttelte den Kopf.

»Soll ich jemanden für Sie rufen?«

»Nein, ich brauche niemanden.«

»Wie Sie möchten.«

Thalmann legte eine Visitenkarte auf den Tisch. »Falls Ihnen noch etwas einfällt. Wir finden selbst hinaus.«

Brunner stand unbeholfen auf.

Er wandte sich zum Gehen, als sie ihm ihre Hand auf den Arm legte. In ihren Augen war die Angst deutlich zu erkennen. »Bringen Sie mir meine Tochter zurück. Sie ist alles, was mich noch am Leben hält.«

Thalmann befreite sich sanft. »Wir werden tun, was in unserer Macht steht, das verspreche ich Ihnen.«

KAPITEL 11

Christine Antener fuhr langsam am Brunner Haus vorbei.

Es schneite immer noch, und der Fahrbahn traute sie nicht mehr wirklich, zumal nun ein eisiger Wind wehte. Der Abend hatte sich über den Ort gelegt, die Zufahrt war gesperrt. Ein Krankenwagen stand davor, zwei Polizeiwagen. Etliche Menschen in Uniformen. Der Himmel leuchtete abwechselnd blau und rot.

Antener bekam es mit der Angst zu tun. Bloss nicht anhalten. So schnell wie möglich, aber so langsam wie nötig, fuhr sie am Geschehen vorbei in Richtung Haslerastrasse. Mit klopfendem Herzen blickte sie zum hell erleuchteten Haus. Die Angst verwandelte sich in eine Kälte, die ihr die Wirbelsäule hinunterkroch.

Was …?

Plötzliche Panik schnürte ihr die Kehle zu. Schweiss bildete sich auf ihrer Stirn, und ihre

Hände fühlten sich in den Handschuhen an, als wären sie mit Eiswürfeln gefüllt.

Sie durfte jetzt nicht auffallen.

Ein Polizist regelte den Verkehr und winkte sie durch. Innerlich fluchte sie.

Hatten sie bemerkt, dass das Auto fehlte?

Bestimmt hatten sie das!

Sie suchten bestimmt schon danach. Plötzlich schien sie auf einem Haufen glühender Kohlen zu sitzen. Sie musste sich des Wagens entledigen. Und zwar schnell. Fieberhaft suchte sie nach einer Lösung, während sie im Rückspiegel die Lichter kleiner werden sah.

Nicht auffallen.

Weiterfahren. Langsam. Normal.

Einatmen, ausatmen.

Ruhig bleiben. Sie haben dich nicht bemerkt.

Der entgegenkommende Bus veranlasste sie, an der nächsten Einbuchtung anzuhalten. Die Strasse war komplett verschneit. Hinter dem Bus folgten zwei weitere Autos.

Antener wurde unruhig und blickte immer wieder in den Rückspiegel.

Warum mussten sie auch hier die Geschwindigkeit auf 30 km/h begrenzen?

Dann war das Haus nicht mehr zu sehen. Sie atmete kurz auf und widerstand dem Impuls, schneller zu fahren.

Erinnerungen kamen hoch. Marc beim Dinner. Sein Lächeln, seine unkomplizierte Art. Tränen füllten ihre Augen. Sie wischte sie fort wie lästige Brotkrumen von einer ansonsten makellosen Tischdecke.

Aber ihr Herz wollte nicht loslassen.

»Marc«, flüsterte sie. Andere Erinnerungen, andere Orte. Mittlerweile war sie sich sicher, dass Marc tot war. Aber wieso so viel Polizei?

Er hatte ihr erzählt, dass er bereits zweimal wegen Verdachts auf Herzprobleme ins Krankenhaus musste. Ein Herzinfarkt lag schon hinter ihm.

Plötzlich durchzuckte sie ein furchterregender Gedanke, der sie zwang, den Wagen abzubremsen: War er etwa einem Mord zum Opfer gefallen?

Das Buch und die Rose fielen ihr wieder ein.

Sie sass im Wagen eines Toten.

Wie musste das aussehen?

Ihre Augen huschten nervös zum Rückspiegel, als befürchtete sie, verfolgt zu werden. Wieder ermahnte sie sich, ruhig zu bleiben.

Antener bog um die Kurve bei der Tennishalle und beschleunigte.

Urplötzlich bemerkte sie eine Bewegung am Rande ihres Gesichtsfeldes. Mit aller Kraft trat sie auf die Bremse. Der Wagen geriet ins Schleudern, kam von der Fahrbahn ab und sprang über den Gehsteig. Seine Fahrt endete abrupt in einem der geparkten Fahrzeuge.

Antener, beide Hände fest auf dem Lenkrad, lauschte dem durch den Aufprall ausgelösten Autoalarm und starrte regungslos geradeaus.

Hatte sie geträumt?

Da war jemand gewesen.

Jemand hatte vor dem Wagen die Strasse überquert.

Sie glaubte, das Gesicht für einen kurzen Moment klar gesehen zu haben.

Und sie hatte die Person erkannt. Ihr Herz raste. Vorsichtig löste sie ihre zitternden Hände vom Steuerrad. Menschen eilten aus dem Restaurant der Tennishalle, einige telefonierten bereits. Sie öffnete die Tür und stieg in den kalten Abend hinaus.

Jemand fluchte laut. Der Klang der Stimme durchdrang ihre Gedanken. Alles um sie herum nahm sie wahr, als befände sie sich in einem surrealen Film: die grell blendenden Strassenlaternen, die Schneeflocken, die sich in ihrem Haar verfingen, die aufgeregt gestikulierenden Menschen, die sich in kleinen Gruppen versammelten – und das Gefühl, dass sich die Realität mit jedem Moment weiter von ihr entfernte.

Ihr Blick wanderte über Marcs Wagen.

Scheinwerfer durchbrachen die Dunkelheit und beleuchteten die Szene.

Sie spürte den Puls in ihrem Hals. Übelkeit stieg in ihr auf. Instinktiv klammerte sie sich an den nächstbesten Gedanken.

Das Mädchen.

Sie sah sich um, doch von Tamara war keine Spur mehr zu sehen.

KAPITEL 12

Die Frau beschwerte sich lautstark, als zwei Uniformierte sie in eines der Gesprächszimmer der Kripo brachten.

Thalmann hob die Augenbrauen, seufzte und nickte Daniela auffordernd zu, vorauszugehen. Im Flur erhielten sie eine kurze Zusammenfassung der Ereignisse, während die Frau im braunen Mantel, der so gar nicht zum Schneetreiben draussen passen wollte, drinnen am Tisch sass. Daniela konnte sie durch die schmale Scheibe sehen. Die Frau war vielleicht Mitte vierzig, mit mittellangem, braunem Haar, das leicht gelockt auf die markante Kante ihres Kinns fiel.

Sie wirkte müde.

Und irgendwie traurig.

»Warum ist sie in das parkende Auto gefahren?«

Der Streifenpolizist kratzte sich am Kopf. »Das wissen wir nicht so genau. Sie sagte, sie habe die Kontrolle über den Wagen verloren.«

»Über den gestohlenen Wagen?« Thalmanns Stimme klang fast emotionslos, doch ein Hauch von Sarkasmus lag darin.

»Sie hat etwas von einem Kind erzählt, das plötzlich die Strasse überquerte«, fügte der andere hinzu.

»Ein Kind?« Daniela wurde hellhörig.

»Wir haben kein Kind gesehen.«

Thalmann nickte. »Danke.«

Mit diesen Worten öffnete er die Tür zum Verhörraum. Sie stellten sich kurz vor und nahmen Antener gegenüber Platz.

»Ich habe Marc nichts angetan«, sagte die Frau ohne erkennbaren Grund.

»Wer sagt denn, dass jemand Marc etwas angetan haben könnte?« Thalmanns Stimme war ruhig.

»Ich bin doch nicht dumm. Die Ambulanz, die Streifenwagen. Der Ort wurde abgesperrt ...«

»Sie kannten Marc Brunner?«

Sie schluckte kurz. Lag es daran, dass Thalmann in der Vergangenheit sprach? Oder an der Naivität der Frage?

»Ja.« Ihre Lippen formten einen schmalen Strich. »Sonst hätte ich ja nicht seinen Wagen gefahren.«

»Natürlich. Und warum haben Sie das getan?«

»Ich musste ... Dinge erledigen.« Thalmann schwieg, und sie fügte hastig hinzu: »Und er brauchte das Auto tagsüber ja nicht.«

»Wer war Marc Brunner für Sie?«

Antener schluckte und verbarg ihre Hände unter dem Tisch. »Das ist schwer zu sagen.«

»Schwer zu sagen?« Thalmann verschränkte seine Hände vor sich auf dem Tisch.

»Eine Affäre.«

»So, und nun fangen wir doch mal von vorne an. Wer sind Sie und wo wohnen Sie?«

Daniela holte ihr Notizbuch hervor. Das war eigentlich immer Chollets Aufgabe gewesen. Thalmann schien da keinen Unterschied zu machen. Daniela wusste nicht, ob das ein gutes oder schlechtes Zeichen war.

»Christine Antener. Ich bin 46 Jahre alt, habe keine Kinder und wohne am Briegliweg in Düdingen.«

»Sehr schön. Und woher kannten Sie Marc Brunner?«

»Wir sind uns vor einigen Monaten begegnet.«

»Und?«

»Seitdem teilen wir die schönen Momente im Leben.«

»So wie heute?«

»Heute war das nicht so geplant gewesen, aber mein Auto ...« Plötzlich wurde ihr bewusst, was sie da zu sagen begann.

»Was ist mit Ihrem Wagen?«

»Er steht seit dem Unfall in der Zentrumgarage.«

»Aha. Sie wollten also heute keinen schönen Moment mit Brunner verbringen, sondern nur seinen Wagen, weil Ihrer in der Garage steht?«

Sie nickte, beschämt. Wie das wohl klingen musste.

»Darf ich fragen, was mit Ihrem Wagen geschah?«

Sie biss sich auf die Lippen. »Ich ... ein Auffahrunfall.«

»So wie heute Abend?«

»Nicht ganz. Ich konnte nichts dafür, dass Lukas urplötzlich abbremste.«

»Lukas?«

»Lukas Keller, der Fahrer des anderen Wagens.«

»Sie kennen ihn?«

»Ich habe ihn nach dem Unfall kennengelernt.«

»Aha. Und Sie sind immer noch in Kontakt mit ihm?«

Antener errötete. »Ja.«

Thalmann warf Daniela einen Blick zu. »Warum haben Sie nicht bei Brunners Haus gehalten, als Sie die Polizeisperre sahen?«

»Ich hatte plötzlich Angst.«

»Wovor denn?«

»Ich weiss nicht«, sagte sie leise.

»Sie fuhren also weiter, warum auch immer. Wohin wollten Sie denn?«

Antener liess eine Pause zu, ehe sie mit leiser Stimme antwortete: »Ich weiss es nicht.«

Daniela glaubte ihr. Thalmann war da anderer Ansicht. »Ich sage Ihnen, wie das für mich aussieht: Sie wollten nicht mit dem Vorfall in Brunners Haus in Verbindung gebracht werden und suchten eine Möglichkeit, den Wagen loszuwerden.«

»Ich ...«

»Was ist bei der Tennishalle geschehen?«, fragte Daniela.

Antener erzählte, was vorgefallen war.

»Würden Sie das Kind wiedererkennen?«

Antener begann zu schwitzen. »Es ging alles so schnell. Aber ich denke schon ...«

Daniela blickte sie nun direkt an. »Sie haben das Kind erkannt, nicht wahr?«

Antener biss sich auf die Lippen. Dann atmete sie hörbar aus und sackte in ihrem Stuhl zusammen. »Es war Tamara.«

»Mit Tamara meinen Sie Brunners Tochter?«, übernahm Thalmann.

Antener nickte.

»Haben Sie das meinen Kollegen vor Ort gesagt?«

Antener schüttelte den Kopf.

»Warum nicht?«

»Ich weiss es nicht.«

KAPITEL 13

Von der Pizzeria trennte uns nur ein Fussgängerüberweg. Ich sah Donnie zu, wie er die Tür der Buchhandlung abschloss und die frische Luft einsog. Der Nebel hatte sich mittlerweile über die Strassen gelegt. Häuser verwandelten sich in Silhouetten, Strassenlaternen in ein Sternenmeer.

»Ein herrlicher Abend für eine Pizza, findest du nicht?« Er bot mir seinen Arm an, und ich hakte mich ein. »Für Pasta.«

Der Verkehr war wie immer um diese Uhrzeit rege, und so mussten wir warten, bis sich ein Lastwagenfahrer unserer erbarmte.

»Die kannst du doch zu Hause selbst machen.«

»Pizza auch«, gab ich zurück.

Giuseppe empfing uns im kleinen Vorraum und führte uns zu unserem reservierten Tisch.

»Was für ein Wetter! Passare una notte in bianco.«

Im Vorbeigehen nahm er zwei Menükarten an sich.

»Der Schnee wird nicht bleiben«, sagte Donnie. »Dafür kam er zu plötzlich.«

»Aha, ein Meteorologe.« Giuseppe zwinkerte ihm zu, während er meinen Stuhl zurechtrückte. »Wie sagt man? Wetterfrosch? Und bei Fröschen muss man immer aufpassen, wenn man sie küsst. Man weiss nie, in was sie sich verwandeln können.«

Ich lachte, legte meinen Mantel ab und nahm die Karte dankend entgegen, bevor ich mich setzte. Es war gemütlich warm, und unser Zweiertisch an der Wand bot einen freien Blick auf die offene Bar. Wir waren fast die einzigen Gäste. Freundlich nickte ich in Richtung des anderen Tisches, gewohnt, erkannt zu werden, ohne zu wissen, von wem.

»Un aperitivo?«

Donnie sah mich an. »Zwei Prosecco.«

»Eine ausgezeichnete Wahl. Amor che muove il sole ...«

Donnie lächelte und winkte ihn fort.

»Das war eine gute Idee«, sagte ich, während Giuseppe einen Stuhl zurechtrückte und kurz die Tischdecke glattstrich, bevor er sich hinter dem Bartresen unserem Aperitif widmete.

Seit unserer Kreuzfahrt hatten wir uns nur wenig Zeit für uns genommen. Das wurde mir plötzlich bewusst. Die Zweisamkeit fehlte mir. Ich hatte die Zeit seit August nicht vergehen sehen.

»Welche Pasta nimmst du, Donnie?«, fragte ich unschuldig, während ich die Karte studierte. Er warf mir einen entrüsteten Blick zu, konnte aber nichts erwidern, weil Giuseppe unsere Proseccos brachte.

»Salute!«

Mein Handy vibrierte in meiner Hosentasche. Nach Feierabend wollte ich es eigentlich nicht mehr bei mir haben, zog es aber dennoch unter Donnies amüsiertem Blick hervor. Daniela. Ich öffnete die WhatsApp-Nachricht. Sie bestand aus einem Foto. Ein Päckchen, das ich sofort erkannte, und daneben eine rote Rose. Die Nachricht, eine Frage: *Dein Geschenkpapier?*

Ich runzelte die Stirn. Die Dame im braunen Mantel. Das Parfüm.

Ja, und drin steckt auch ein Lesezeichen, textete ich zurück.

Habe ich mir gedacht.

Was immer das heissen mochte.

Danke.

Alles gut?

Du hast mir geholfen, danke.

Worum geht es? Ich war neugierig.

Mach dir keinen Kopf und geniesst den Abend.

Ich hob den Kopf und sah aus dem Fenster auf die Strasse. Woher ...? Aber vielleicht wusste sie gar nicht, dass wir hier waren.

Ein Mann mit Zipfelmütze und Schal ging am grossen Fenster vorbei. Autos fuhren im Schneckentempo. Viel mehr konnte ich nicht erkennen.

Wieder vibrierte mein Handy.

Hab ich gut geraten, gell? En Guete zäme ;)

»Die Stirn so in Falten zu legen, steht dir nicht. Es erinnert mich ein wenig an Ernst.«

Ich steckte das Handy weg.

»Wie charmant von dir, mich mit dem Mops meiner Mutter zu vergleichen.«

»Charmant, das kann ich eben auch.«

Noch einmal blickte ich durchs Fenster auf die Strasse. Der Mann mit der Zipfuchappa zog seinen Schal enger, als er aus meinem Blickfeld verschwand.

Gleich nach der Pizzeria hielt Manfred Oberlin kurz inne, um seine Mütze zurechtzurücken. Heute war sein absoluter Glückstag. Er zog die Geldbörse noch einmal hervor.

Durch den Aufmarsch von Polizei und Krankenwagen in der Brugerastrasse aufmerksam geworden, war er einer Silhouette bis zur Tennishalle gefolgt. Er hatte beobachtet, wie sie die Strasse hastig überquerte und wie der grosse Wagen von der Strasse abkam.

Wie viele andere war auch er Zeuge, wie eine verwirrt wirkende Frau aus dem verunfallten Wagen stieg. Sie entfernte sich vom Auto und sprach mit dem Besitzer des anderen Wagens, während er die Unfallstelle in Augenschein nahm.

Da entdeckte er etwas Dunkles im Schnee.

Als er die Brieftasche aufhob, schaute er sich kurz um. Doch niemand schien ihm Beachtung zu schenken, da nun die Polizei eintraf. Er wagte einen flüchtigen Blick hinein: lauter violette Banknoten. Und zwar eine ganze Menge davon.

Die Brieftasche enthielt ein Vermögen.

Nun öffnete er sie erneut. Im fahlen Licht der Strassenlampe waren die Banknoten gut zu erkennen.

Er schlug das Fach für Ausweise auf und fand Bankkarten und Kreditkarten. Eine Karte zog er heraus, las den Namen darauf und überlegte kurz, musste sich dann jedoch eingestehen, dass er keinen Marc Brunner kannte.

KAPITEL 14

Und plötzlich war ich wach.

Während ich kurz den Atem anhielt und lauschte, vernahm ich die gurgelnden Geräusche der Kaffeemaschine in der Küche und, ganz schwach, das Fliessen des Wassers im Badezimmer. Ich drehte mich zum Nachttisch. Sechs Uhr auf meinem Handy. Die Vorhänge waren leicht geöffnet. Kalte Luft umspielte meine nackten Beine, als ich mich an den Bettrand setzte. Hemingway sprang auf mein Kopfkissen. Ich kraulte ihn hinter den Ohren, bis er versuchte, mich zu beissen.

Im Bademantel mit dem Logo der MS Deliziosa wagte ich einen ersten Blick aus dem Fenster. Donnie hatte wieder einmal recht behalten: Der Schnee hatte die Nacht nicht überlebt. Ich schloss das Fenster, sah auf die zerwühlten Laken und fand mein Haargummi.

Während ich mir die Haare hochband, fragte ich mich, ob es wirklich eine gute Idee gewesen war.

Gewisse Dinge hatten bereits ihren Weg von seiner Wohnung in meine gefunden, so auch der Stapel ungelesener Bücher auf seiner Bettseite. Es blieben noch zwei Monate bis zu seiner Schlüsselübergabe. In Anbetracht dessen, was sich noch nebenan befand, befürchtete ich, dass meine Wohnung spätestens dann aus allen Nähten platzen würde.

Ich stellte meine Lieblingstasse unter die Kaffeemaschine, drückte den vielversprechenden Knopf und gab Hemingway zu essen. Kaum stand der Napf vor der Katze, klingelte es auch schon an der Tür. Ich verdrehte die Augen und seufzte.

»Es hat geklingelt«, rief es aus dem Badezimmer.

Wie hätte ich das überhören können?

»Guten Morgen, Mutter«, begrüsste ich Bärbel, während ich die Tür öffnete. »Du weisst schon, dass es kurz nach sechs ist?«

»Bin ich zu spät?« Sie strahlte in ihrem violetten Mantel, dem goldenen Schal und den silbernen Stiefeln. Ihre grossen, goldenen Ohrringe klimperten vor Aufregung.

»Du weisst nicht, was gestern passiert ist!«

Es war um diese Uhrzeit keine wirkliche Frage, sondern ihre Art, ihre Anwesenheit zu rechtfertigen.

Ich ging in die Küche, griff mir die Kaffeetasse und drehte mich zu ihr um.

»Hast du mich etwa erwartet?«, fragte sie mit freudigem Unterton und nahm mir die Tasse ab. »Das ist genau, was ich jetzt brauche.«

Im Badezimmer hörte ich Donnie einen Weihnachtsklassiker pfeifen.

»Du hast Besuch?« Ihre grossen Augen konnten den gespielt überraschten Unterton ihrer Stimme nicht unterstützen. Sie grollte mir immer noch, weil ich mein Leben mit Donnie vor ihr geheim hielt.

»Was ist denn passiert?« Ich holte eine weitere Tasse aus dem Schrank und drückte erneut den Knopf der Kaffeemaschine. Das Mahlen der Bohnen, dann der kurze Moment, in dem die Maschine innehielt, bevor sich der Kaffee schliesslich in die Tasse ergoss.

Donnie erschien im Morgenmantel und trocknete sich mit einer Hand die nassen Haare.

»Hallo, Barbara.« Er griff nach der Tasse, noch bevor die Kaffeemaschine mit ihrer Arbeit fertig war. »Was ist denn geschehen?«

»Der Brunner ist tot.«

Ich sah Donnie an, aber er schien mit dieser Information genauso wenig anfangen zu können wie ich.

»Na, der Marc Brunner. Der Geschäftsmann.«

Barbara seufzte und setzte sich an den Küchentisch. »Kennt ihn denn hier niemand? Er wohnte gleich um die Ecke. Schönes Haus. Ich frage mich, wer dort bald einziehen wird …«

»Warum sollten wir ihn kennen?«, unterbrach ich sie.

»Du hörst mir nicht zu, Liebes. Weil er praktisch einer eurer Nachbarn war.«

»Aha. Und was ist passiert?«

»Sie haben ihn tot in seinem Garten gefunden.«

»Und?«

»Und seine Tochter wird vermisst.«

»Und?«

»Und seine Ex-Frau hat ihn sehr wahrscheinlich umgebracht.«

»Warum denn das?«

»Man munkelt, er wollte sich scheiden lassen.«

»Das ist ja wohl kaum ein Mordmotiv, oder?«

»Doch, doch, das ist es. Wenn er sich hätte scheiden lassen, hätte sie nur noch die Hälfte des Vermögens und vielleicht eine kleine

Pension für die Tochter bekommen. Stirbt er aber vorher, ist sie Witwe und erbt alles.«

KAPITEL 15

»Wieso kehrt ein Kind nicht einfach nach Hause zurück? Das Logischste wäre doch, dass eine Zehnjährige einfach zur Mutter zurückgeht, zumal diese im selben Ort wohnt.«

»Es sei denn …«

»Genau. Es sei denn, ihre Mutter ist die Täterin.«

»Dann muss sie sie gesehen haben.«

Bärbel nickte langsam. »Jetzt siehst du es auch, gell?«

Ich warf Donnie einen flüchtigen Blick zu. »Das kann unzählige andere Gründe haben.«

Ich holte eine dritte Tasse aus dem Schrank.

»Nenn mir einen.«

Ich überlegte kurz und kapitulierte. »Mir fällt gerade keiner ein.«

»Siehste!«

Als ich die Taste für einen Kaffee drückte, fing die Maschine an zu blinken – der Wassertank war leer.

»Gestern hat mir Daniela eine Nachricht wegen des Päckchens geschickt, das die Frau im braunen Mantel mitnahm. Das ergibt jetzt irgendwie Sinn.«

»Die Frau mit der Rose?«

»Mit der Rose?« Ich füllte den Tank und setzte ihn wieder ein. Nun kam die Mitteilung, dass ich Kaffeebohnen nachfüllen sollte. Ich seufzte.

Donnie reichte mir die Packung aus dem Vorratsschrank. Dabei wäre ihm fast der Bademantel auseinandergegangen. In letzter Sekunde drehte er sich weg.

Bärbel tat, als hätte sie es nicht bemerkt, und erzählte munter von ihrer Begegnung im Einkaufszentrum.

»Dann hat wohl die Bestsellerdame etwas mit Brunner zu tun, wenn Daniela das Päckchen bei ihm fand,« schloss meine Mutter.

Nun musste ich auch noch den Auffangbehälter leeren. Donnie grinste.

»Na siehste, war vielleicht doch nicht die Mutter,« sagte ich etwas voreilig.

»Wer ist denn so blöd und kauft eine Rose und ein Buch als Geschenk, nur um es am Tatort liegenzulassen?« Bärbel gab sich entrüstet. Ich verdrehte die Augen, setzte den leeren Behälter wieder ein und drückte endlich den heiss ersehnten Knopf.

»Da hat wohl jemand die letzte Rose nicht akzeptiert.« Donnie stellte seine Tasse ins Spülbecken, lakonisch wie immer. Den Kaffee hatte er nicht ausgetrunken. Wie immer.

»Das hat Hanni auch gesagt«, sagte Bärbel.

»Natürlich hat sie das. Ihr entschuldigt mich.« Er nickte belustigt und verliess die Küche.

»Wer war denn der Tote?« Endlich gönnte ich mir den ersten Schluck Kaffee.

»Das muss ich noch herausfinden. Ein Geschäftsmann. Ein guter Geschäftsmann sogar. Lebte von seiner Frau getrennt. Und dann eben die Tochter. Aber die Mutter, also, sie ist so eine, die sich ständig beklagt. Weisst du, was ich meine?«

»Davon gibt es viele. Und woher hast du all diese Infos?«

Bärbel machte eine Geste, als würde sie ihre Lippen mit einem Reissverschluss verschliessen. »Ich habe versprochen, nichts zu sagen.«

»Also deine Freundinnen?«

»Wie gesagt ...«

»... du hast versprochen, nichts zu sagen. Ich weiss, ich weiss.«

Die Chancen, Daniela heute in der Buchhandlung zu treffen, standen also sehr hoch. Das traf sich gut, denn ich hatte einige Fragen an sie. Aber das wollte ich Bärbel nicht auf die Nase binden.

»Meine Quellen wissen, dass der Brunner immer Zoff mit seinen Nachbarn hatte.«

»Seinen Nachbarn?«

Bärbel nickte eifrig. »Den Fischers. Die haben auch einen grossen Garten.«

Das Bild eines älteren, freundlichen Ehepaars formte sich in meinem Kopf. »Er liebt historische Bücher auf Englisch, und sie liest die gleichen, aber auf Deutsch?«

»Genau die.«

Ich sah meine Mutter schräg an. »Meine Beschreibung könnte auf viele zutreffen.«

»Eben. Auch das.« Sie nahm einen Schluck Kaffee.

»Und warum hatten sie immer Streit?«

»Du hörst mir nicht zu. Sie haben einen grossen Garten.«

»Aha. Und?«

»Und Brunner auch.«

Ich sah sie verwirrt an, bis sie schliesslich laut seufzte. »Man sagt, sie würden ihren Garten pflegen.«

»Brunner tat das nicht?«

Bärbel hob die Schultern.

»Verstehe.«

»Gibt es sonst noch etwas, das ich um diese Uhrzeit wissen sollte?«

Bärbel dachte tatsächlich über meine Frage nach.

Ich schüttelte den Kopf, nahm ihr die Tasse ab und schob sie sanft in Richtung Tür.

»Ich muss mich jetzt vorbereiten.«

»Schon gut, schon gut.«

Auf dem Absatz der Wohnungstür drehte sie sich noch einmal um. »Weisst du, ich bin stolz auf dich.«

Ich sah sie fragend an. Im selben Moment begann die Kaffeemaschine in der Küche zu piepsen.

»Zwitschert da dein Rauchmelder?«

»Nein, der Kühlschrank parkt gerade rückwärts ein«

Ich schnitt ihr eine Grimasse. Und mit diesen Worten schloss ich die Tür hinter ihr. Einen Augenblick horchte ich ihrer Schritte im Treppenhaus und grinste.

Als ich in die Küche kam, blinkte der Vollautomat. Es war Zeit, eine Entkalkung durchzuführen.

Und es war noch nicht einmal halb sieben.

KAPITEL 16

Noch nie hatte Daniela Burri die Nachtwache so aufgebracht gesehen. Das Gesicht der Kollegin war blass, die Augen verrieten eine unruhige Nacht. Sie stürmte auf Daniela zu, als wäre sie die Rettung in letzter Sekunde.

»Gott sei Dank, du bist endlich da. Es war die Hölle.« Ihre Stimme bebte. »Ich habe ihre Klingelmöglichkeit deaktiviert.«

»Was ist denn los?« Daniela schälte sich aus ihrer Jacke, die ihr plötzlich schwer auf den Schultern lag.

»Die Frau von gestern Abend hat die ganze Nacht randaliert. Ich hatte keine Minute Ruhe.«

»Deshalb ist sie ja auch in der Ausnüchterungszelle. Vielleicht ist sie heute Morgen etwas kooperativer.« Daniela versuchte, mit einem Hauch Humor ihre Schuldgefühle zu überspielen.

Die Kollegin verdrehte nur die Augen und folgte ihr in Richtung Büro. »Sehr witzig.«

»Sie wollte gestern ja nicht mal einen Anwalt rufen.« Daniela liess ihre Jacke über den Stuhl gleiten und schaltete den Computer ein.

»War sie wenigstens betrunken?«

»Das ist es ja. Sie war nüchtern.« Die Worte hingen schwer im Raum.

Daniela seufzte. »Ich kümmere mich um sie, okay?«

Die Erleichterung war der Kollegin deutlich anzusehen. »Danke. Ich will einfach nur noch nach Hause.«

»Du hast längst Feierabend, oder?« Sie nickte stumm.

Daniela sah ihr nach. Thalmann war noch nicht da. Vielleicht war das einer jener Momente, die man besser nutzte. Sie und Antener – von Frau zu Frau.

Sie überflog kurz ihre Mails. Das Kind war noch immer nicht gefunden worden. Etwas in Danielas Herzen zog sich zusammen. Die halbe Nacht hatte es geschneit, die andere geregnet. Kein Wetter um draussen zu übernachten. Nicht nach dem, was passiert war. Eine andere Mail enthielt die ersten Ergebnisse der Obduktion: Brunner war vergiftet worden. Daniela erinnerte sich an das Glas Wasser im Wohnzimmer. Oder was auch immer für eine Flüssigkeit das gewesen war. Sie machte sich eine mentale Notiz, dem nachzugehen.

Doch zuerst wollte sie bei Antener vorbeischauen.

Als Daniela die Tür zur Zelle mit einem heissen Kaffee öffnete, sprang Antener so schnell von der Pritsche auf, dass Daniela einen Moment lang daran zweifelte, ob das wirklich eine gute Idee gewesen war. Doch als die Frau den Kaffee sah und bemerkte, dass Daniela allein gekommen war, beruhigte sie sich sichtlich. Daniela reichte ihr den dampfenden Becher.

»Danke.«

Sie war über Nacht um zehn Jahre gealtert. Wieder klopfte das schlechte Gewissen an die Tür ihrer Gedanken.

Daniela trat einen weiteren Schritt in die Zelle und lud Antener ein, sich zu setzen. Sie selbst blieb stehen.

»Kann ich meine Tasche haben?«

»Ich hole sie gleich. Sie können dann gehen.«

»Ich kann ... gehen? Warum?«

»Nun ja, wenn ich die Kollegin der Nachtwache fragen müsste ...«

Antener senkte den Blick, sagte aber nichts.

»Marc Brunner wurde vergiftet«, sagte Daniela sanft. »Es tut mir leid.«

Anteners Hände begannen zu zittern. Sie war den Tränen nahe – die schlaflose Nacht, die Aufregung. Daniela liess einen Moment der Stille verstreichen.

»Wir haben die Rose und das Buch gefunden.«

Antener sah auf den Boden.

»Wofür waren die?«

»Für den Wagen«, gab Antener kleinlaut zu.

»Eine Form der Bestechung?«

»So in der Art.«

»Ich habe verstanden, dass Sie seinen Wagen ausgeliehen haben, weil Ihrer in der Garage stand. Aber wozu brauchten Sie ihn?«

Antener nahm einen Schluck Kaffee, und ihre Gesichtszüge entspannten sich. Die Tür der Zelle stand immer noch offen.

»Es hätte das blöde Buch gar nicht gebraucht. Ich musste nach Bern.«

»Und weshalb?«

»Er wollte, dass ich etwas für ihn abhole.«

»Ist es frech zu fragen, was?«

»Borsäure.«

»Borsäure?« Daniela runzelte die Stirn. Es war nicht die Antwort, die sie erwartet hatte.

»Ja, was man eben so benutzt gegen Flöhe und Kakerlaken.«

Gab es Kakerlaken in Brunners Haus? Anfang Dezember? Gab es spezielle Monate im Jahr für die Invasion von Kakerlaken?

»Fragen Sie mich nicht. Ich habe wirklich keine Ahnung, wofür er das brauchte.«

»Sie haben nie etwas bemerkt, während Sie dort waren?«

»Nein. Marc war aufgebracht, weil er das Zeug nicht mehr fand. Für mich ein einfaches Spiel, seinen Wagen auszuleihen.«

»Wieso ging er nicht selbst?«

»Seine Tochter war ja da.«

»Sie kennen sie?«

»Wir sind uns schon begegnet, ja. Aber normalerweise war niemand im Haus, wenn ich kam.«

»Verstehe. Und wo ist die Borsäure jetzt?«

Antener sah Daniela erstaunt an. »Ich denke, immer noch im Wagen.«

»Ist Ihnen sonst noch etwas Ungewöhnliches widerfahren?«

»Er gab mir seine Brieftasche.«

»Tat er das sonst nie?«

Antener schüttelte den Kopf. »Er trug immer alle Dokumente bei sich. Nicht nur Kreditkarten, sondern auch den Fahrzeugausweis und alles andere.«

»Und doch vertraute er Ihnen das alles an. Was hat das mit Ihnen gemacht?«

»Ich war überrascht.«

Daniela konnte ihr ansehen, wie geschmeichelt sie sich gefühlt haben musste. Aber da war noch etwas anderes, das kurz in ihren Augen aufblitzte. Schuldgefühle?

»Und dann sind Sie nach Bern aufgebrochen.«

Antener hatte sich wieder gesammelt.

»Und als Sie zurückkamen, war das Haus hell erleuchtet.«

Das gab Antener ein grosses Zeitfenster. Mit Brunners Wagen brauchte sie 25 Minuten, um über die Autobahn die Hauptstadt zu erreichen, bei dem Wetter gestern vielleicht 40. Grob gerechnet blieben Antener fünf Stunden vor Ort. Genügend Zeit, um nach Düdingen zurückzufahren, Brunner zu vergiften und wieder nach Bern zu gelangen. Sein Auto war eine ideale Tarnung, um ungesehen zum Haus zu gelangen. Aber was könnte ihr Motiv sein?

»Darf ich jetzt meine Tasche haben?« Ihr Ton nahm eine schneidende Färbung an, ihre müden

Gesichtszüge wurden wütend. Daniela nickte, holte den Mantel und die Tasche. Ein Hauch süsslichen Parfüms lag in der Luft. Die Frau sah in die Tasche, holte ihr Handy hervor.

»Wo ist die Brieftasche?« Nervosität machte sich breit.

»Welche Brieftasche?«

»Die von Brunner, natürlich. Sie war in der Tasche.«

»Wir haben Ihrer Tasche nichts entnommen.« Für einen Augenblick fürchtete Daniela, dass die Situation eskalieren könnte.

Anteners Körperhaltung straffte sich. Aber die Frau hatte schlichtweg nicht die Energie dazu. Stattdessen schulterte sie schweigend ihre Tasche.

Im Vorbeigehen gab sie die Tasse an Daniela zurück und verliess erhobenen Hauptes den Raum.

KAPITEL 17

»Ich habe zwei Palett gfüllte Jutesäckchen. Wohin soll ich tun?«

Der Lieferant stand breitbeinig im Eingang und kratzte sich etwas unbeholfen am Kopf, den Lieferschein in der anderen Hand. Sein grosser Lieferwagen stand hinter ihm mitten auf der Fahrbahn. Der Morgenverkehr begann bereits zu stocken, doch das schien ihn wenig zu kümmern.

Zwei Paletten?

»Donnie?«, rief ich in den kleinen Nebenraum, wo Donnie gerade dabei war, neue Bücher aus grauen Kisten zu befreien.

»Ja?«, kam seine Stimme, leicht gedämpft.

»Wir haben zwei Paletten Jutesäckchen.«

Ein Geräusch, das verdächtig nach einem zu Boden gefallenen Buch klang. Sekunden später erschien er im Türrahmen und starrte den

Lieferanten an. »Zwei Paletten?« Seine Augen weiteten sich.

Der Fahrer blieb gelassen. »Wo soll ich hinstellen?«

Donnie nahm den Lieferschein entgegen und warf einen kurzen Blick darauf. Seine Verwirrung wuchs. »Aber …«

»Das ist, was hier draufsteht.«

Donnie blickte mich an, als verstünde er die Welt nicht mehr. Ich stand hinter dem Computer und rief mit wenigen Klicks die Bestellung auf den Bildschirm.

»Hast du schon einmal den Unterschied zwischen *Menge* und *Verkaufseinheit* gegoogelt?«

»Das darf doch nicht wahr sein!« Donnie machte die wenigen Schritte zu mir und warf seinerseits einen Blick auf den Bildschirm. Ich konnte sein Parfüm riechen.

»Alles gut, aber wo jetzt die Transportpaletten hin? Ich muss weiter.«

»Ja klar. Tut mir leid. Wäre es möglich, sie draussen auf dem Trottoir vor dem Laden zu stellen? Hier drin haben wir wirklich keinen Platz für beide. Einfach so nah am Gebäude wie möglich.«

»Wie gewünscht.«

Ich warf noch einmal einen Blick auf den Bildschirm. Eine Verpackungseinheit enthielt zwölf Säckchen, nicht eins.

Er sah meine gerunzelte Stirn.

»Ich rufe nachher an. Vielleicht können die ja eine von beiden zurücknehmen.«

Ich wagte es zu bezweifeln und wollte mir gar nicht ausrechnen, was uns das kosten würde, wenn wir die ganze Ware behalten müssten.

Während Donnie damit begann, die Jutesäckchen hereinzubringen, kümmerte ich mich um die angekommenen Bücher. Viele Reservierungen. Manche zur Ansicht, andere zum Verpacken. Ich trennte die Kundenbestellungen von den anderen, die in den Laden mussten, und ordnete sie nach Alphabet. Ein Name stach mir dabei ins Auge: Emily Brunner.

Das konnte Zufall sein.

Ich versuchte ohne Erfolg, dem Namen ein Gesicht zu geben. Kurzentschlossen griff ich zum Telefon, erreichte sie aber nicht und hinterliess eine Nachricht.

Es verging keine halbe Stunde, da stand eine verzweifelte Frau im Laden.

Sie sah erschöpft aus, als hätte sie seit Tagen nicht geschlafen. Ihre Augen waren rot, ihre Wangen eingefallen. Der Blick, den sie mir zuwarf, jagte mir einen kalten Schauer über den Rücken.

»Sie haben mich angerufen«, sagte sie leise, fast zerbrechlich. »Ich ... das muss ein Zeichen sein.«

»Ein Zeichen?«

»Ich weiss nicht mehr, was ich tun soll.«

»Wie können wir helfen, Frau Brunner?«, fragte Donnie, der zum x-ten Mal mit einer Ladung Jutesäckchen hinter der Kundin erschien.

»Hallo Donnie«, sagte sie. Es schien, als würde seine Präsenz ihr neuen Mut geben.

»Ich hole schnell Ihr Buch«, sagte ich und verschwand ins Lager.

»Mein Beileid«, hörte ich Donnie sagen. Als ich mit dem Buch zurückkam, stand Frau Brunner da, als hätte sie all ihre Energie verloren. Als sie das Buch sah, brach sie in Tränen aus.

»Setzen Sie sich einen Moment, Frau Brunner.«

»Ich will keine Umstände ...« Sie liess sich auf einen der Barhocker fallen.

»Hattest du schon einen Kaffee?«, wollte Donnie wissen.

Sie schüttelte den Kopf und sah mich an. »Das Buch ist für Tamara, wissen Sie.«

Ich sah sie etwas unbeholfen an, blickte auf das Buch. 'Der Fänger im Roggen'. Ein Bedürfnis nach Schutz und Echtheit?

»Sie kommt oft nach der Schule hierher. Eine Zehnjährige. Sie liest viel. Immer Bücher, die nicht für ihr Alter sind. Sie liebt Bücher.« Ein trauriges Lächeln umspielte kurz ihre Lippen, doch es verschwand schnell.

Frau Brunner schien verzweifelt zu versuchen, eine Verbindung zwischen mir und ihrer Tochter herzustellen und sah mich an, als könnte ich ihr den entscheidenden Hinweis geben.

»Sie müssen sie kennen.« Sie seufzte, wusste nicht mehr, was sie noch hinzufügen sollte. »Sie hat mir den letzten Seethaler gekauft.«

Jetzt erinnerte ich mich an ein eher schüchternes, in sich gekehrtes Mädchen mit Brille. Sie war öfter hier, interessierte sich für viele Themen. Bevor sie den Seethaler bezahlte, hatte ich sie im Sachbuchbereich angesprochen. Sie blätterte gerade in einem Buch über Pflanzen und Medizin.

»Ich erinnere mich.«

Erleichterung machte sich auf Frau Brunners Gesicht breit. Ich wusste aber nicht, ob das mehr mit mir oder dem Kaffee zusammenhing, den Donnie ihr hinstellte. Jedenfalls entspannte sich die Situation dadurch.

Frau Brunner sah auf ihre Tasse. »Sie meinte, ich solle mal etwas Richtiges lesen. Nicht nur Heftromane.« Sie lächelte schwach und kämpfte tapfer mit den Tränen. Dann schluckte sie leer und sah mir direkt in die Augen.

»Sie müssen sie finden.«

Überrascht von ihrem klaren, direkten Blick, war ich kurz sprachlos.

»Warum finden?«, fragte Donnie, was mir auf der Zunge lag.

»Sie ist seit gestern verschwunden.«

»Aber die Polizei ...«

»Du verstehst das nicht, Donnie.« Donnie schwieg, gab ihr Zeit. »Für die Polizei ist Tamara nur eine von vielen Spuren.«

»Ich bin mir sicher, die Polizei sucht genauso intensiv nach Tamara wie nach der Erklärung, was passiert ist.«

Frau Brunner schien nicht überzeugt und war wieder den Tränen nahe. Sie tat mir leid. Aber Mitleid half bekanntlich niemandem. Mein Herz zog sich zusammen. Wie würde ich mich fühlen, wäre der Vater meines Kindes tot und das Kind verschwunden?

»Sie wollen, dass wir Tamara suchen?«

Sie sah mich dankbar an. »Würden Sie das tun?«

Ich sah Donnie an. »Nun ja ...«

»Sie muss noch hier sein.«

»Wieso sind Sie da so sicher?«

»Es fehlte Milch im Kühlschrank heute Morgen.«

KAPITEL 18

»Das beweist nicht, dass sie es nicht war«, beharrte Bärbel auf ihrem Standpunkt.

»Mutter, wäre sie die Mörderin, würde sie nicht hierherkommen und uns um Hilfe bitten.«

»Vielleicht doch.«

Ich verdrehte die Augen. »Stell dir mal einen Moment vor, sie hätte Brunner getötet.«

Donnie legte das Telefon auf den Tresen. Er versuchte seit Minuten, den Lieferanten der Jutesäckchen zu erreichen – die schienen nicht gewillt, seinen Anruf entgegenzunehmen..

»Ich sehe, was du meinst. Hätte sie etwas mit Brunners Tod zu tun, müsste sie fürchten, dass ihre Tochter etwas gesehen hat.« Bärbel sah mich triumphierend an. »Das könnte ein Grund dafür sein, dass Tamara verschwunden ist.«

»Wir wissen ja nicht einmal, ob es überhaupt Mord war«, warf ich ein.

»Das war Mord, das ist klar«, sagte Bärbel.

»Aber dann bringen wir doch Tamara in Gefahr, wenn wir sie finden.«

»Sie wird doch nicht ihr eigenes Kind …?« Donnie sah ungläubig in die Runde.

»Laut deiner Theorie Mutter hat sie ja ihren eigenen Mann …«

»Schon gut, schon gut«, lenkte Bärbel ein.

Ich seufzte. »Also, kannst du uns helfen?«

»Natürlich kann ich das.« In Bärbels Stimme lag ein triumphierender Unterton, der mir nicht wirklich behagte. War das eine gute Idee?

»Wenn jemand das Mädchen findet, dann ich.«

Ich suchte Donnies Blick, der mir beruhigend zulächelte. Vielleicht machte ich mir einfach zu viele Sorgen. Ich musste noch Daniela über das Auftauchen Brunners informieren – das war ich ihr nach der WhatsApp-Nachricht vom Vorabend schuldig.

»Ein Kinderspiel, ehrlich«, fügte Bärbel hinzu.

»Ein Kinderspiel, sagst du?«

Sie nickte. »Mit meinen Kontakten …«

Ich verdrehte die Augen und nahm einen Stapel neuer Bücher, die ich in der Buchhandlung zu verteilen begann. Die untersten drei mussten unbedingt ins Schaufenster.

Bärbel rddete munter weiter: »Ein Kinderspiel sag ich dir. Ist doch wie Verstecken spielen, oder nicht?«

Die Krimis überliess ich wie immer Donnie und legte die Neuheiten des Genre einfach auf den Tisch.

»Natürlich könnte auch unsere Rosendame die Täterin sein. So schlecht gelaunt, wie sie gestern war.«

»Jetzt ist es plötzlich nicht mehr Tamaras Mutter?« Sarkastisch kann ich auch.

»Nun stell dir vor, sie wollte Brunner töten, aber Tamara stand plötzlich im Wohnzimmer.«

»Also schlägt sie der Kleinen vor, Verstecken zu spielen, damit sie nichts mitbekommt?« Ich schüttelte den Kopf. Ihre Theorie ergab keinen Sinn.

»Erklärt aber nicht, warum sie eine Rose und ein Buch braucht, wenn sie jemanden umbringen möchte. Selbst mit einem kommerziellen Bestseller kann man niemanden wirklich erschlagen.«

Ich seufzte und überlegte, welche Bücher im Schaufenster Platz machen mussten. Ich nahm ein Buch aus der Auslage, ersetzte es und hielt inne. Am Rand meines Gesichtsfeldes prasselte Regen auf den Gehsteig. Ich wagte einen Blick nach draussen. Gegenüber ging eine Frau in Richtung Kirche. Sie trug denselben braunen Mantel und dieselben Schuhe wie am Vortag.

Christine Antener verfluchte die Polizei, den Bahnverkehr, den Regen und im Grunde die ganze Welt. Sie schäumte wie ein Bier am *Martinsmärit*, als sie unter strömendem Regen vom Bahnhof nach Hause gehen musste. Nicht einmal nach Hause gefahren hatten sie sie! Dabei standen sicher etliche Einsatzwagen in der Garage. Dann der Zugausfall, der sie warten liess. Nun der Regen. Im Vorbeigehen sah sie, wie die Buchhändlerin im Schaufenster ein Buch austauschte – die Silhouette des Mannes neben ihr kam ihr bekannt vor. Ihr Blick blieb an einer älteren Dame hängen, die sie sofort wiedererkannte: Es war die Frau, die sie am Tag zuvor angerempelt hatte, weil sie beim Telefonieren nicht auf ihre Umgebung geachtet hatte. Jetzt sass sie entspannt bei einem Kaffee, als wäre die Buchhandlung ihr zweites Zuhause.

Christines Wut kochte erneut hoch, doch sie spürte auch, wie sich Müdigkeit in ihrem Körper ausbreitete. Der Mord, die lange Nacht auf dem Polizeiposten, das Gefühl, die Kontrolle zu verlieren – all das nagte an ihr. Der Regen prasselte weiter auf sie nieder, aber ihre Gedanken schienen zu verblassen. Die Welt um sie herum schien sich zu verändern, als hätte sie die Schwelle in ein anderes Universum über- schritten. Alles fühlte sich plötzlich langsamer an, weicher, als würde der Sturm nur noch in ihrer Erinnerung toben, während das Leben weiterging. Die ältere Dame gegenüber lächelte immer noch, und Christine spürte, wie ihre Wut bröckelte – wie eine alte, verwitterte Mauer, die unter den sanften Berührungen des Windes nachgab.

Ein Hauch von Frieden, so flüchtig wie der Geruch von nassem Gras, streifte ihre Seele. Für einen kurzen Moment war es, als erinnere sie sich an etwas fast Vergessenes – dass es Zeiten gegeben hatte, in denen auch sie lachen konnte. Zeiten, in denen das Leben mehr war als nur Pflicht und Schmerz. Mit einer bittersüssen Leichtigkeit im Herzen setzte sie ihren Weg fort, während die Realität zurückkehrte, schwer wie der Regen, der ihr Haar auf die Stirn drückte. Doch etwas von diesem stillen Augenblick wirkte in ihr weiter, eine heimlich gestohlene Erinnerung.

Tropfend und am Ende ihrer Geduld stand sie schliesslich vor ihrer Haustür. Das Leben liess ihr kaum Zeit, den Schlüssel ins Schloss zu stecken, da öffnete sich die Tür öffnete bereits. Sie hielt inne, ihren Blick in den strengen Augen von Lukas Keller gefangen, der sie durch seine runde Brille musterte. Der Mann, in dessen Wagen sie gefahren war. Der Mann, der sich mit einem Doktortitel schmückte, den er gar nicht besass. Der Mann, der ihr zwanzig Nachrichten hinterlassen und gefühlt fünfzig Mal versucht hatte, sie anzurufen. Bislang hatte Antener nicht den Mut gefunden, ihm zu antworten.

»Wo warst du? Ich habe mir solche Sorgen gemacht.« Als sie nicht sofort antwortete, die Lippen bebend, nahm er sie in den Arm und hielt sie, bis die Welt aufgehört hatte, sich um sie zu drehen.

KAPITEL 19

»Ich habe mir solche Sorgen gemacht«, sagte er zum zehnten Mal. Antener hätte ihn dafür ohrfeigen können. Sie hatte geduscht und sich umgezogen. Nun bereitete er ihr einen Tee zu.

Er hatte zugehört. Lange zugehört, ohne etwas zu sagen. Und auch jetzt wusste sie nicht wirklich, was er von ihrer Geschichte hielt. War das so ein Therapeuten-Ding?

»Danke«, sagte sie und nahm die Tasse entgegen. Er setzte sich ihr gegenüber in den Ohrensessel, den ihr eine flüchtige Bekanntschaft gekauft hatte – wie so ziemlich alles, was sie besass. Selbst das Bett hatte einmal ein verliebter Schreiner für sie angefertigt. Das Bett, nach dem sie sich nun sehnte. Aber da war Lukas.

»Ich konnte nicht schlafen, habe sogar die Spitäler abtelefoniert.«

»Sie haben mir das Handy nicht gelassen, wie du dir sicher denken kannst.«

»Aber durften sie dich überhaupt festhalten?«

Als ob das jetzt einen Unterschied machte.

»Ich meine, das ist Freiheitsberaubung.«

Antener hatte Keller nicht alles erzählt. Der Teil mit dem Randalieren auf dem Polizeiposten ging ihn auch nichts an. Irgendwann hatte der Beamte am Vorabend die Schnauze voll. Seinen Namen hatte sie schon wieder vergessen.

»Weisst du, ich bin da vielleicht etwas voreingenommen. Aber ich habe meine Schwester vor Jahren verloren.«

Antener runzelte die Stirn. »Du hast mir nie davon erzählt.«

»Ich weiss. Sie fuhr auf einer Hauptstrasse, als ein grosser Wagen mit überhöhter Geschwindigkeit ihr die Vorfahrt nahm und sie frontal auf der Fahrerseite traf. Sie wurde über hundert Meter mitgeschleift und starb noch an der Unfallstelle.«

Er schwieg.

»Das tut mir leid«, sagte sie leise.

»Es war ein sinnloser Tod, mitten auf einer Landstrasse. Weit und breit nichts ausser Feldern und Kühen. Und weisst du, was das Schlimmste daran ist?«

Antener schüttelte den Kopf.

»Der Typ kam ungeschoren davon. Man hat ihn nie verurteilt.«

Sie spürte seine plötzliche Wut aufflammen. Für einen kurzen Augenblick wurden seine Augen kalt und intensiv. Dann war der Moment schon wieder vorbei. Sie stand auf und setzte sich zu ihm auf den Schoss.

»Die Welt ist nicht gerecht.«

Er sagte nichts. Sie legte ihre Arme um ihn und lehnte sich an seine Brust. Er packte sie sanft an den Schultern und gab ihr zu verstehen, dass er aufstehen wollte. Während er zum Fenster ging, liess sie sich in den Sessel sinken. Die Wärme seines Körpers hing noch in den Polstern, wie der flüchtige Duft eines Parfums.

Keller verharrte am Fenster. Schliesslich stand sie auf, trat zu ihm und umarmte ihn von hinten.

Auf der Strasse war ein einzelner Mann mit Zipfelmütze und Schal zu sehen, der in Richtung Dorf ging. Keller drehte sich zu ihr um und sah ihr in die Augen.

»Wieso hat Brunner dir den Wagen gegeben, den du gefahren bist?«

Manfred Oberlin trug immer eine Mütze, egal bei welcher Temperatur. Jedes Jahr holte er sie an seinem Geburtstag, dem zehnten November, hervor und trug sie bis Ende Januar bei jedem seiner Wege nach draussen. Sie schützte ihn nicht nur vor Kälte, sondern auch vor Regen. Er blickte zum Himmel. Und heute würde es sehr wahrscheinlich nur einmal regnen.

Sein Blick wurde von einem erleuchteten Fenster angezogen. Er sah einen Mann und eine Frau, die sich umarmten. Schnell blickte er weg. Es brachte Unglück, in fremde Wohnungen zu schauen. Er erinnerte sich an die schwarze Katze, die ihm von links nach rechts über den Weg gelaufen war, als er das Haus verlassen hatte.

Solche Dinge beschäftigten ihn noch lange. Eine gewisse Unruhe trug er bereits in sich, führte er doch die Brieftasche mit sich, die er am Vorabend gefunden hatte. Sein Ziel war die Bank am Bahnhofsplatz. Er musste die Geldbörse loswerden und wollte das Geld auf sein Konto einzahlen.

Mittlerweile wusste er jedoch nicht mehr, ob das eine gute Idee war.

Am Verkehrskreisel bei der Kirche wechselte er die Strassenseite, und kurz nach dem

Restaurant liess ihn ein Bus am Zebrastreifen zum Einkaufszentrum hinüber. Er dankte dem Fahrer mit einem Handzeichen und erstarrte innerlich, als er die Nummer sah.

Das konnte nicht wahr sein. Aber die 13 stand auch auf der Rückseite des Busses, als dieser in Richtung Bahnhof davonfuhr. Oberlins Unruhe wuchs. Plötzlich hatte er das Gefühl, alle müssten sehen, was er da mit sich trug. Unter seiner Zipfelmütze begann er zu schwitzen. Was würde wohl seine Mutter dazu sagen? Sie hatte ihm die Mütze schliesslich geschenkt.

Er spürte ihren Blick auf sich ruhen, als er am Informatikladen vorbeiging. Sein Mut schwand mit jedem Schritt. Als er bei der Zentrum Garage zum Restaurant hinübersah, kam ein Arbeiter mit einer Leiter aus dem Mostereiweg. Ein Schauer überkam ihn. Die Zeichen häuften sich.

Oberlin beruhigte sich mit der Tatsache, dass er ja nicht unter der Leiter hindurchgegangen war. Und doch zögerte er, als er schliesslich seine Karte in den Schlitz des Bankautomaten steckte. Sein Finger schwebte über dem Nummernblock, zögernd.

Draussen schien der Regen an Intensität zuzunehmen. Oder waren das nur seine überreizten Nerven? Die Zahlen auf dem Bildschirm verschwammen, und er vertippte sich zweimal beim Zugangscode.

Vielleicht war es mehr als nur Aberglaube. Er konnte das ungute Gefühl einfach nicht abschütteln. Oberlin atmete tief ein und liess den Atem langsam ausströmen, brach die Transaktion ab und zog seine Karte zurück.

Ohne einen Blick zurück ging er schnellen Schrittes davon, die Schultern hochgezogen, den Blick gesenkt. Das Portemonnaie hatte er in den Briefkasten der Bank geworfen. Es war besser so.

Das Schicksal konnte warten.

KAPITEL 20

Der Tipp hatte Früchte getragen. Daniela hatte Anteners Aussage weiteergeleitet und dabei Interessantes erfahren. Angesichts Brunners Diabeteserkrankung könnte Borsäure durchaus tödlich wirken, zumal sie geruch- und farblos ist. Irgendetwas an Anteners Geschichte gefiel weder Daniela noch Thalmann.

»Es gibt Neuigkeiten von der Spuren-sicherung«, sagte Thalmann und reichte Daniela einige Blätter.

Zuerst Fotos von einem Schreibtisch, dann vom Inhalt einer Schublade, schliesslich Kopien der Dokumente. Daniela überflog die Seiten.

»Beachte das Datum der Dokumente.«

Daniela blätterte bis zum Ende.

»Ich habe das bereits beim Anwalt überprüfen lassen. Alles wurde in der letzten Woche vor Brunners Tod aufgesetzt.«

»Er wollte die Scheidung einreichen.«

Thalmann seufzte. »Ich fürchte, wir müssen noch einmal mit Emily Brunner sprechen. Sie schien nicht darüber informiert gewesen zu sein.«

»Und wenn sie es doch war ...«

»... hätten wir ein mögliches Mordmotiv. Aber das ist nicht alles.« Er zögerte kurz, als würde er erst eine Entscheidung fällen müssen.

»Wir haben im Café nachgefragt, wo Brunner arbeitet. Sie war pünktlich zur Schicht um neun Uhr da.«

»Das klingt nach einem ›aber‹.«

»Nach dem Mittagsansturm um zwei Uhr ging sie und kehrte erst um halb fünf zurück.«

»Weiss man, warum?«

»Niemand konnte es uns sagen. ›Aus privaten Gründen‹, hiess es.«

Ein Zeitfenster gross genug, um nach Düdingen zu fahren und jemanden zu vergiften.

»Es ist möglich«, sagte Thalmann. »Ich habe mir die Zugverbindungen angesehen. Mit dem Schnellzug nach Bulle – kein Problem.«

»Also haben wir zwei gute Gründe, Frau Brunner erneut aufzusuchen.«

»Ich fürchte, ja.«

»Wer käme sonst noch infrage?«

»Ausser Antener und Emily Brunner?« Er dachte nach. »Ich würde gerne wissen, was es mit den Nachbarn auf sich hat. Frau Brunner sprach von Meinungsverschiedenheiten, was auch immer das heissen mag. Und dann ist da noch das Verschwinden der Tochter.«

»Apropos«, sagte Daniela und erzählte ihrem Kollegen von Brunners Erscheinen im Buchladen.

»Das ist doch eine gute Nachricht. Tote trinken ja für gewöhnlich keine Milch.«

»Die Frage ist, warum das Mädchen sich versteckt.«

»Das könnte auch auf die Mutter hinweisen.«

Ein Schauder lief Daniela über den Rücken. »Was wollte sie bei der Tennishalle unten?«

»Das werden wir noch herausfinden. Die Fahndung läuft. Im Moment haben wir jedoch unter den Verdächtigen jemanden, der plötzlich heraussticht.«

Daniela nickte. »Emily Brunner.«

»Aber zuerst möchte ich nochmals zum Tatort.«

Wieder nahm Thalmann die Zähringerbrücke. Er war ein Mann mit Prinzipien. Seine ruhige, konzentrierte Art beruhigte sie ein wenig. Doch tief in ihr wuchs eine unerklärliche aber nicht unbekannte Unruhe. Es ging um mehr als nur um ein verschwundenes Mädchen. Irgendetwas hatten sie übersehen. Und es musste mit der Tennishalle zu tun haben, dessen war sie sich mittlerweile sicher.

Als sie am Podium, dem Veranstaltungsort Düdingens, vorbeifuhren, überholten sie eine Frau mit einem Kinderwagen. Ein Junge ging neben ihr. Daniela erkannte Deborah Stöcklin. Hatte sie schon ein zweites Kind? Wie schnell doch die Zeit verging.

Deborah Stöcklin sah dem Polizeiwagen nach, wie er Richtung Wolfacker fuhr. Sie war froh, dass der Regen aufgehört hatte. Der kleine, übersichtliche Spielplatz beim Podium war genau das, was sie brauchte. Er bot eine Rutsche, eine Schaukel, einen Haufen Steine zum Klettern und Bänke, die von der Strasse aus kaum einsehbar waren.

Gegenüber der Bäckerei bog sie vom Gehweg ab, der kalte Kies erschwerte das Schieben des Kinderwagens. Mia schien das nicht zu stören; sie schlief tief und fest.

Stöcklin erwartete, den Spielplatz leer vorzufinden, und war überrascht, dort jemanden anzutreffen.

Sie erkannte das Mädchen sofort. In den lokalen Nachrichten hatte sie von Brunners Tod erfahren. Wie verhält man sich in so einer Situation? Stöcklin grüsste wortlos und setzte sich auf eine andere Bank. Luca war sofort auf der Rutsche und rief nach ihrer Aufmerksamkeit.

»Schau, Mami!«

Sie konnte das Wort ›Mami‹ kaum noch hören. Kam er wirklich zu kurz, seit Mia bei ihnen war? Sie lächelte ihm zu, ermunterte ihn, nochmal zu rutschen.

Tamara beobachtete ihn. Sie war gekleidet, als wäre tiefster Winter. Stöcklin lächelte ihr entschuldigend zu, doch das Mädchen störte sich nicht an Lucas Anwesenheit.

Im Gegenteil.

Stöcklin zog die Jacke enger um sich und versuchte, den kühlen Wind zu ignorieren. Luca wurde ruhiger, während er immer wieder die Rutsche hinunterglitt.

Ihr Blick wanderte immer wieder zu Tamara, die stumm auf der Bank sass, den Schal eng um den Hals, die Hände tief in den Jackentaschen, als wolle sie sich vor der ganzen Welt verstecken. Ihre Augen folgten Lucas Bewegung, als wäre er das Einzige, das noch lebendig war. Als Luca stürzte und auf allen Vieren landete, glaubte Stöcklin sogar den Ansatz eines Lächelns in den Augen des Mädchens zu sehen,

Dann stand Tamara unvermittelt auf, grüsste im Vorbeigehen und verschwand in Richtung Gänseberg-Schulhaus.

KAPITEL 21

Thalmann parkte den Wagen auf dem Hasliparkplatz vor der reformierten Kirche. Brunners Fahrzeug trug immer noch die Spuren des Unfalls an der Front.

Daniela erkannte den Ort kaum wieder. Sie konnte sich nicht erinnern, dass die Einfahrt zur Garage so eng gewesen war. Thalmann warf ihr die Schlüssel zu Brunners Wagen zu und verschwand die Treppe zum Garten hinauf. Im Kofferraum wurde sie fündig: eine weisse Flasche, verschlossen und noch versiegelt. Eine Nummer klebte darauf – die Kollegen der Spurensicherung hatten sie also bemerkt. Antener hatte offenbar nicht gelogen. Daniela schloss den Wagen und folgte ihrem Kollegen.

Auch den Garten hatte sie anders in Erinnerung. Zum ersten Mal bemerkte sie die römischen Säulen, die den halbrunden Balkon stützten, und den Unterstand, der ihr entgangen war. Der Rasen war gepflegt. Thalmann stand nahe der Hecke, die das Grundstück auf natürliche Weise vom Nachbarhaus abtrennte. In Danielas Erinnerung lag Brunner genau dort.

Warum war er überhaupt nach draussen gegangen?

»Warum kam er hierher, wenn er doch zum Wohnhaus nebenan hätte gehen können?«

Thalmann hob den Kopf und blickte zu dem zweistöckigen Wohnblock nebenan. Auf dieser Seite war der Garten offen. Ein einzelner Baum stand an der unsichtbaren Grenze Wache – sein einziges Accessoire: eine Schaukel.

»Ich verstehe das nicht. Er wurde vergiftet. Als er bemerkte, dass etwas nicht stimmte, verliess er das Haus«, fuhr Thalmann fort.

»Wir haben sein Handy nirgends gefunden. Er konnte also niemanden anrufen«, entgegnete Daniela, während sie sich erneut umsah. »Wer wohnt auf der anderen Seite?«

»Die Fischers.«

»Das tun wir«, sagte eine Stimme.

Daniela fuhr erschrocken zusammen.

Thalmanns Hand glitt bereits zu seiner Dienstwaffe, doch er entspannte sich schnell.

»Herr Fischer?«, fragte er.

»Jawohl«, kam es gelassen von der anderen Seite der Hecke.

»Wir hätten da ein paar Fragen an Sie.«

»Das kann ich mir vorstellen.«

Thalmann warf Daniela einen vielsagenden Blick zu.

»Dürfen wir hinüberkommen?«

»Gehen Sie einfach der Hecke entlang.«

Der Weg führte an einem verlassenen Trampolin vorbei. Herr Fischer erwartete sie bereits.

Das Erste, was an ihm auffiel, war sein strahlend weisser Bart, sorgfältig in echter Fu-Manchu-Manier gestutzt. Sein halblanges, schneeweisses Haar umrahmte helle Augen, die die Ankömmlinge neugierig musterten. Fischer trug eine schwarze Hose und ein schwarzes Shirt und reichte Daniela gerade einmal bis zur Schulter. Sein Alter war schwer zu schätzen, aber der gemütliche Bauch unter seinem Shirt verriet ein paar Winter mehr.

»Schlimme Sache.« Fischer schüttelte den Kopf. »Er war ja nicht wirklich ein guter Mensch, aber so etwas wünscht man niemandem.«

»Ich nehme an, Sie wissen bereits, wer wir sind?«

»Das tu ich.«

»Gut. Wo waren Sie gestern, sagen wir, zwischen zwei und sechs Uhr nachmittags?«

»Wir sind immer zu Hause.«

»Sie waren zu Hause?«

»Das sagte ich doch.«

»Waren Sie auch in Ihrem Garten?«

»Bei dem Wetter?«

»Ja oder nein?«

»Nein, natürlich nicht.«

»Dann haben Sie nichts gesehen oder gehört?«

»Von Brunner meinen Sie?«

»Ja, vom Grundstück nebenan.«

Fischer schüttelte den Kopf.

»Was meinten Sie mit ›kein guter Mensch‹?«, mischte sich Daniela ein.

»Er litt an der Krankheit, die viele Menschen heutzutage haben: Geld und Ruhm vor Familie. Egoistenschweine, allesamt.«

»Verstehe ich Sie richtig, dass Sie sich Sorgen um seine Tochter machten?«

Fischers Augen funkelten wütend. »Er kümmerte sich nie um sie. Sie ist immer allein, selbst wenn sie bei ihm ist. Und dann schreit er sie an, dass selbst wir es mitbekommen. Wir haben auch Kinder, aber was der sich herausnahm ...«

»Mit dem Kind?«

»Und auch uns gegenüber. Wir sind friedliebende Menschen, die gerne helfen, verstehen Sie? Aber Brunner war immer sofort auf hundertachtzig, wenn wir etwas ansprachen. Dem war alles zuzutrauen.«

»Sie hatten Angst um Tamara?«

»Mehr als einmal. Es ist nicht einfach zuzusehen, wenn Geschirr geworfen wird oder Kinder weinen. Und dann diese laute Musik manchmal. Und wenn man an seine Tür klopfte, musste man fürchten, selbst ...«

»Er hat Sie bedroht?«

Fischer lachte. »Mehr als einmal. Mit allem Möglichen. Anwalt und Konsequenzen, Rasenmäher um fünf Uhr morgens, Lautsprecher auf der Terrasse um ein Uhr nachts. Wir haben oft gestritten. Einmal musste meine Frau eingreifen, damit ich ihm keine verpasse. Ich denke immer noch, er hätte es verdient gehabt, das Arschloch.« Fischer redete sich in Rage. »Und wissen Sie, die ganze Welt ist voll von solchen Leuten wie ihm. Alle wollen nur noch Geld und Macht. Politiker genauso – alle bauen ihre Schwimmbecken in ihren Villen, während das Volk verreckt. Wir stehen vor einem neuen Mittelalter, sage ich Ihnen. Sie wollen uns alle abhängig machen und an unser Geld kommen. Aber mich kriegen sie nicht klein. Niemals. Und schon gar nicht jemand wie Brunner.«

Er zitterte, was wohl kaum an der kühlen Jahreszeit lag.

»Verstehe.« Thalmann nickte knapp. »Danke für Ihre Hilfe. Und Ihre Zeit.«

Das schien Fischer zu überraschen. Er war es wohl eher gewohnt, dass die Welt sich mit ihm anlegte. Jedenfalls nahm es ihm den Wind aus den Segeln, denn er wusste nicht, wie er reagieren sollte. Seine Gesichtszüge entspannten sich, auch wenn er körperlich noch unruhig wirkte.

»Sie würden sich melden, wenn Ihnen noch etwas einfällt?«

»Natürlich. Auf mich können Sie sich verlassen.«

Thalmann nickte und machte Anstalten zu gehen. Doch Fischer hielt ihn noch einmal zurück.

»Und lassen Sie sich nicht täuschen. Auch wenn Brunner nur eine Marionette war – er war einer von ihnen.«

KAPITEL 22

Christine Antener hatte weder den Mut noch die Wahl gehabt, Kellers Frage auszuweichen. Sie beschloss, ihm reinen Wein einzuschenken, ohne zu erwähnen, dass sie ihre Beziehung mit Brunner in Wahrheit noch nicht beendet hatte, als Keller bei ihr einzog. Die Trennung würde ihr jetzt erspart bleiben – oder hatte er längst alles durchschaut? Sie traute sich nicht, ihn zu fragen.

Seit ihrer Rückkehr war er kühl, distanziert. Etwas Trauriges schien sich in ihm verfangen zu haben, eine Seite, die sie an ihm noch nicht kannte. Das Gefühl, etwas Unverzeihliches getan zu haben, nagte an ihr. Aber was? Das machte die Situation nur schwerer zu ertragen.

»Bist du mir etwa gefolgt?«, fragte sie leise.

Er stand regungslos am Fenster, die Hände auf dem Rücken verschränkt, und drehte sich nicht sofort zu ihr um. Die Zeit schien sich zu dehnen, als ob er sich absichtlich Zeit liess, um ihr zu antworten. Dann sprach er, langsam und fast zu sanft: »Das muss ich nicht, Christine. Wir sind doch verbunden – wo du bist, da bin auch ich.«

Ein Schauer lief ihr über den Rücken. Da war eine Kälte in seinen Worten, die sie frösteln liess.

»Ich verstehe nicht ganz ...«, murmelte sie und bemühte sich, den Blick nicht von ihm abzuwenden.

Er lächelte nur leicht, ein hartes, distanziertes Lächeln, das seine Augen nicht erreichte. »Was wolltest du in Bern?«

Sie erinnerte sich an die verlorene Brieftasche und biss sich auf die Lippen. »Ich holte etwas für Marc.«

Seine Augen verengten sich leicht, fast unmerklich, doch sein Ausdruck blieb unbewegt. »Und das dauerte den ganzen Nachmittag?«

»Ist das ein Verhör? Glaubst du mir etwa nicht?« Ihre Stimme klang brüchig, und ihre Hand zitterte leicht, als sie die Tasse zurück auf den Tisch stellte. Etwas Tee schwappte über und zog sich langsam in einer schmalen, dunklen Linie über den Tischrand.

Keller sah zu, wie sich die Flüssigkeit ihren Weg suchte, bevor er mit einer fast übertriebenen Langsamkeit ein Tuch holte und den verschütteten Tee wegwischte. Dann hob er die Hand, liess einen Finger kurz auf dem Fleck ruhen und zeichnete wie beiläufig einen Kreis darum.

»Muss ich jetzt immer hinter dir aufräumen?«

Die Situation schien ihr plötzlich unwirklich. Anteners Herz schlug schneller. Was meinte er damit? Für einen flüchtigen Augenblick keimte der Gedanke auf, er könnte etwas mit Marcs Tod zu tun haben.

Dann lächelte er unvermittelt, ein fast sanftes, unerwartetes Lächeln, und die Bedrohung schien sich in Luft aufzulösen. »Alles halb so wild. Möchtest du dich etwas hinlegen?«

Sie sah ihn erleichtert an, fühlte sich aber zugleich seltsam kraftlos und wie benommen. »Das wäre schön.«

Er nahm seine Brille ab, massierte sich langsam die Nasenwurzel, nickte, als dächte er noch über etwas nach, setzte die Brille wieder auf und wandte den Blick zurück zum Fenster. Während sie sich so leise wie möglich zurückzog, spürte sie seine Augen in ihrem Rücken, obwohl er sie nicht direkt ansah.

Als sie das Zimmer verliess, folgte ihr Blick seinem, hinaus auf die Strasse. Dort, unter dem grauen Himmel, rollte ein Streifenwagen langsam in Richtung Freiburg.

Thalmann war gerade in die Dünsstrasse eingebogen, als Danielas Telefon klingelte. Emily Brunner war nicht zu Hause gewesen, also entschieden sie, wieder nach Fribourg zu fahren. Daniela nahm den Anruf entgegen, hörte kurz zu und schnalzte dann mit der Zunge.

»Und da bist du dir absolut sicher?«

Thalmann sah sie von der Seite an.

Mittlerweile hatten sie die Wallfahrtskapelle St. Wolfgang erreicht. Daniela gab Thalmann ein Zeichen, anzuhalten.

»Gut, danke.« Sie beendete das Gespräch. Ein Wagen kam ihnen mit erhöhter Geschwindigkeit entgegen. Als der Fahrer sie in der Einfahrt stehen sah, bremste er abrupt ab.

»Antener hat uns doch von ihrem Unfall erzählt. Ich habe einem Kollegen eine Mail geschickt. Lukas Keller ist kein unbeschriebenes Blatt. Er wurde schon mehrmals wegen Betrugs angeklagt und hat einige Einträge im Betreibungs- und Strafregister, auch wegen Hausfriedensbruch.«

»Und?«

»Er verlor vor einigen Jahren seine Schwester bei einem Unfall. Die Einträge beginnen zu der Zeit, angefangen mit seinen Anwaltskosten, die er nicht zahlen konnte. Der Unfallverursacher kam mit einem milden Urteil davon. Keller gab nicht auf, nahm die Sache selbst in die Hand. Die Polizei musste mehrmals deswegen eingreifen. Dann ist Keller plötzlich abgetaucht. Und jetzt rate mal, wer damals der Fahrer des Fahrzeugs war.«

Thalmann reagierte nicht.

»Marc Brunner.«

Thalmann schwieg. Daniela sah, wie er versuchte, die neuen Informationen einzuordnen.

»Brunner ist seit dem Urteil mehrfach umgezogen.«

»Er wollte vermeiden, dass Keller ihn findet.«

»Genau. Und Keller wusste, dass er vorsichtig sein musste, wollte erneut Kontakt mit Brunner aufnehmen.«

»Weiss Antener davon?«

»Ob ja oder nein spielt keine Rolle. In beiden Fällen haben wir ein Mordmotiv.«

KAPITEL 23

kimm in die Buchsh^^ung.SOFORT

Ich nahm mir nicht einmal die Mühe, die Nachricht an Daniela zu korrigieren, bevor ich sie abschickte. Mein Herz schlug schnell, und ein dumpfes Gefühl breitete sich in meinem Bauch aus. Donnie hatte die Paletten geleert und sie draussen an die Hauswand gelehnt, bevor er den Seiteneingang benutzte, um zurück in den Laden zu kommen. Mit knurrendem Magen machte er sich wenig später auf den Weg ins Einkaufszentrum, und in der plötzlichen Stille wirkte der Laden ungewohnt fremd. Ich ignorierte das Gefühl, schalt mich eine hoffnungslose Romantikerin und ging zurück an den Tresen.

Dann spürte ich einen leichten Luftzug im Nacken. Es vergingen einige Minuten, bevor ich nachsah. Und die ganze Zeit stand die Seitentür offen. Ich verriegelte sie und überlegte bereits, wie ich Donnie mit meinem Ärger konfrontieren würde, als ein leises Rascheln aus unserem Lager mich aus meinen Gedanken riss.

Mein Herz klopfte wieder, diesmal etwas anders. Ich näherte mich der halb geöffneten Tür. Mit einer Hand stiess ich sie langsam auf. Und da stand sie. Im Halbdunkel, mit blassem Gesicht und grossen Augen. Sie hörte auf zu kauen, ein Samichlausesäckli in der Hand. Eines von vielen. Eines von viel zu vielen.

Ein geheimnisvoller Ausdruck lag auf ihrem Gesicht – eine Mischung aus Trotz und Müdigkeit. Ich spürte die Angst eines Rehs, das vom Licht eines Autoscheinwerfers geblendet wird. Ein Geist aus der Vergangenheit, der ein Versprechen einforderte, das Allerheiligen verschlafen hatte.

Man sagt, ein Lächeln ist die kürzeste Verbindung zwischen zwei Menschen. Als ich lächelte, ein bisschen verloren, ein bisschen ungläubig, wurde mir die Groteskheit der Situation erst bewusst. Nicht einmal an meine Mutter dachte ich, die seit dem Morgen die Strassen von Düdingen durchkämmte, um die Tamara zu finden, die nun vor mir stand.

Eine ganze Weile standen wir da. Dann begann Tamara wieder zu kauen.

»Möchtest du etwas trinken?«, fragte ich sanft. Sie sah mich an, dann wagte sie einen Blick in den Flur hinter mir. Schliesslich nickte sie.

Nun stand ich neben der Kaffeemaschine, mein Handy in der Gesässtasche meiner Jeans und Tamara auf einem Barhocker gegenüber. Ich war Donnie unendlich dankbar, dass ich auf der professionellen goldenen Kaffeemaschine auch heisse Schokolade zubereiten konnte – eine Idee, die mich Überwindung gekostet hatte, als er sie damals vorschlug.

Ich beobachtete Tamara, sah ihre zerknitterte winterliche Kleidung, die roten Wangen, die grosse Uhr an ihrem Handgelenk. Es war eine dieser Fitbits, die so in Mode gekommen waren.

Das Erstaunlichste war, dass sie immer noch kein Wort mit mir gesprochen hatte, dafür aber bereits das zweite Säckchen leerass. Wo blieb Daniela?

Donnie kam vom Einkaufszentrum zurück, ein Sandwich und ein kleines Vermicelles in der Tüte, als ihn ein Streifenwagen überholte und etwas weiter vor der Buchhandlung hielt. Von weitem sah er Daniela und Thalmann aussteigen. Sein Herz begann schneller zu schlagen. Er beschleunigte seine Schritte und kam zeitgleich mit ihnen vor der Buchhandlung an, grüsste. Ein kurzer Blick hinein genügte ihm, um die Situation zu erfassen. Thalmann streckte kurz den Nacken, holte eine Zigarettenpackung hervor und zündete sich eine an. Er machte keine Anstalten, den Laden zu betreten.

Daniela liess Donnie den Vortritt.

Tamara sprang auf, als die Türglocke anschlug. Als sie Daniela sah, machte sie einen Schritt zurück, entspannte sich dann aber, als sie Donnie erkannte.

»Alles gut. Daniela braucht einen Kaffee, und ich ehrlich gesagt auch«, sagte Donnie entschuldigend und machte sich an der grossen Maschine zu schaffen, während Daniela sich auf einen Barhocker setzte, der gebührenden Abstand zu Tamara wahrte.

»Danke, Donnie. Du rettest mir das Leben«, gab sie zu.

Ich trat zur Seite und tat so, als würde ich mich wieder um den Papierkram kümmern, der am Tresen auf mich wartete.

»Möchtest du auch noch etwas?«, fragte er Tamara, die den Kopf schüttelte. Dabei sah sie auf das belegte Brot, das Donnie ausgepackt hatte. Er schob es ihr hin. Dankbar griff sie zu.

»War nicht mehr viel Auswahl zu dieser Zeit«, gab Donnie zu. »Hab dich in letzter Zeit nicht mehr so oft hier gesehen.«

Doch Tamara ging nicht darauf ein.

Donnie zuckte mit den Schultern und begann, die Tassen vom Vormittag, die sich im Abwaschbecken gestapelt hatten, in die kleine Spülmaschine zu räumen. Auch das war eine seiner Ideen gewesen, die den Alltag in der Buchhandlung tatsächlich angenehmer machten. Dass es sich um einen Camping-Geschirrspüler handelte, sah ja niemand.

Erneut legte sich die Stille über die Buchhandlung. Draussen beendete Thalmann seine Zigarette, warf sie zu Boden, trat sie aus, hob sie dann auf und kam herein.

»So, junge Dame. Ich bin Andreas Thalmann, und das ist meine Kollegin Daniela Burri. Wir sind von der Kripo. Es ist Zeit, dass wir uns mal unterhalten.«

KAPITEL 24

Der kleine Verhörraum war nicht geeignet, um ein Kind zu befragen, zumal nun ein Kinderpsychologe neben Tamara sass, während draussen Emily Brunner lautstark protestierte, weil sie ihr Kind sehen wollte. Das Mädchen war zuvor von einem Arzt untersucht worden, bevor die Befragung mit Vorbehalt des Psychologen, der anwesend sein würde, frei-gegeben wurde. Es gab wahrlich bessere Voraussetzungen.

Thalmann entschied sich, gleich zwei Fliegen mit einer Klappe zu schlagen, und setzte Brunner kurzerhand in den Verhörraum nebenan, dort, wo am Vorabend Antener gesessen hatte.

Als Daniela Tamara aufforderte, mitzu-kommen, schien das Mädchen sich wehren zu wollen. Ich bot an, sie zu begleiten, was sie offenbar beruhigte. Nun sass ich mit Daniela dem Mädchen und dem Psychologen gegenüber, während Thalmann sich nebenan um ihre Mutter kümmerte.

»Wir müssen dir ein paar Fragen stellen, Tamara, und ich hoffe, du kannst uns helfen, Klarheit über das zu gewinnen, was passiert ist. Bist du bereit?«

Tamara sah Daniela an, dann den Psychologen, der ihr freundlich zunickte. Also nickte sie ebenfalls.

»Du bist also am Morgen so gegen acht Uhr mit deiner Mutter zu deinem Vater gekommen. Stimmt das?«

Tamara blickte auf ihre Hände. Plötzlich dachte ich wieder an meine Mutter, die ich noch nicht über die neuesten Entwicklungen informiert hatte, schob das schlechte Gewissen jedoch zur Seite. Sie konnte warten.

»Du kannst antworten. Hier bist du sicher«, ermunterte sie der Psychologe. Doch das Mädchen blieb stumm.

»Gut, vielleicht später. Wir wissen also, dass eine Frau mit einer Rose und einem Buch gekommen ist. Hast du sie gesehen?«

Abermals schwieg Tamara.

Daniela beobachtete sie genau. »Wenn du nicht mit uns sprechen möchtest, ist das auch okay. Wir haben ja noch die Aufnahmen der Überwachungskameras …«

Für den Bruchteil einer Sekunde hatten sich Tamaras Augen geweitet. Doch dann zog sie sich wieder in ihre eigene Welt zurück, der Blick ins Nichts gerichtet.

Warum sagte Daniela das? Ich wusste nichts von Überwachungskameras. Und wenn es solche gab, warum war dann diese Befragung überhaupt notwendig?

»Gab es noch andere Menschen, die an diesem Tag vorbeikamen?«

Das Mädchen schwieg.

»Also nicht?« Daniela notierte sich etwas. Tamara wurde unruhig, versuchte zu lesen, was dort stand. Daniela gab ihr das Notizbuch. Der Psychologe reichte ihr einen Kugelschreiber. Sie schrieb die Zahl drei, gab das Heft zurück.

Das Mädchen spielte mit uns, wie eine Katze mit einer Maus.

»Es waren also drei Personen insgesamt?«

Tamara sah Daniela nur an.

»Also inklusive deiner Mutter?«

Ein schwaches Nicken. War das ein ›Ja‹?

»Also deine Mutter, die Dame mit der Rose und noch jemand?«

Tamara betrachtete wieder ihre Hände, die leicht zitterten.

»Findest du nicht, dass Schneewittchen sehr einfältig war?« Ihre Stimme leise und brüchig.

Die Frage holte uns alle aus unseren Gefühls-welten zurück. Tamara räusperte sich.

»Was meinst du damit?«, fragte Daniela.

»Wusstest du, dass ›Tiramisu‹ übersetzt ›zieh mich hoch‹ bedeutet?«

»Ich kann dir nicht folgen.«

»Wer im Londoner Westminster-Palast stirbt, hat Anrecht auf ein Staatsbegräbnis.«

Ihre Stimme war nun monoton, ihr Blick weiterhin auf ihre Hände gerichtet.

Der Psychologe runzelte die Stirn.

»Auberginen enthalten Nikotin. Interessant, nicht?«

»Tamara, so ...«

»Statistisch gesehen lügen Menschen alle 4,8 Minuten.«

»Ich glaube, wir sollten das Gespräch hier beenden. Tamara braucht Ruhe«, mischte sich der Psychologe ein und erhob sich.

Thalmann liess sich Zeit. Erst erteilte er dem Polizisten an der Tür leise Anweisungen. Der blickte zu Brunner, nickte und verschwand.

Thalmann setzte sich, schlug eine Akte auf, die er gerade erhalten hatte.

»Ich will meine Tochter sehen!« Emily Brunner klang verärgert. Thalmann deutete mit einer Geste an, dass das warten konnte.

Im Glas, das bei Brunner gefunden worden war, hatte das Labor Borsäure nachgewiesen. Wasser und Borsäure. Kein Handy, um Hilfe zu holen. Thalmann klappte die Akte zu, legte sie ordentlich neben sich auf den Tisch. Wen hätte Brunner angerufen, wenn sein Handy zur Hand gewesen wäre?

»Frau Brunner, Sie haben uns belogen.«

Brunner reagierte zunächst fassungslos, dann empört. »Was habe ich?«

»Sie sind zwar zur Arbeit nach Bern gefahren, haben sich jedoch zwischen zwei und halb fünf von Ihrem Arbeitsplatz entfernt.«

»Ich habe Überstunden abgebaut.«

»Genügend Zeit, um mit dem Zug nach Düdingen zu fahren, Ihren Ex-Mann zu ermorden und pünktlich wieder in Bern zu sein.«

»Sie verdächtigen mich, Marc umgebracht zu haben?«

»Was haben Sie in dieser Zeit gemacht, Frau Brunner?«

Sie biss sich auf die Lippe.

Thalmann seufzte. »Nun, vielleicht erinnern Sie sich später daran. Wir haben in den gefundenen Unterlagen Ihres Ex-Mannes interessante Dokumente gefunden.«

Nun hatte er ihre volle Aufmerksamkeit.

»Wussten Sie, dass er sich scheiden lassen wollte?«

Entsetzen zeichnete sich in ihrem Gesicht ab. »Er wollte sich scheiden lassen?«, wiederholte sie indem sie jedes einzelne Wort betonte.

Thalmann nickte knapp. »Das wussten Sie also nicht?«

Tränen stiegen Emily Brunner in die Augen. Ihr ganzer Körper verkrampfte sich.

»Ich ... ich ...«

Thalmann winkte ab. »Wie wäre es, wenn Sie mir jetzt alles erzählen?«

Einen Moment zögerte sie. »Ich wollte in die Insel.«

»Wollten? Heisst das, Sie gingen nicht?«

Sie schüttelte den Kopf. »Ich hatte nicht den Mut dazu.«

»Warum wollten Sie ins Spital gehen?«

»Wegen der Ergebnisse.«

»Sie sind in Behandlung?«

»Ich hatte solche Angst.«

»Ich verstehe nicht ganz …«

Brunner seufzte. »Vor einigen Monaten habe ich eine Mammographie gemacht. Eine Routineuntersuchung, wie jedes Jahr. Aber diesmal war es anders. Sie haben Tumore entdeckt. Mehrere. Können gutartig sein …«

»… oder eben nicht.«

Sie nickte betroffen.

»Wann hatten Sie den Termin in der Insel?«

»Um 14:30 Uhr.«

»Wusste Ihr Ex-Mann von Ihrer Untersuchung?«

»Warum hätte ich ihm das sagen sollen?«

»Nun, die Scheidungspapiere …«

»Sie denken, er hat sie deswegen ausstellen lassen?«

»Könnte durchaus sein. Die Papiere sind von letzter Woche.«

KAPITEL 25

»Bitte entschuldigen Sie die Störung, Kollege Thalmann.« Der Polizist an der Tür kratzte sich am Hinterkopf. »Ich muss Sie kurz unterbrechen. Da sind eine Frau und Herr Fischer am Empfang, die nach Ihnen verlangen. Ich habe versucht, sie warten zu lassen, aber der Herr meinte, es könne nicht warten.«

Thalmann seufzte laut. Dieser Tag hatte es in sich. »Ich komme.«

»Und ich?«, fragte Brunner.

»Sie bleiben hier. Es wird nicht lange dauern.«

Die Antwort befriedigte Brunner überhaupt nicht. Aber hatte sie eine Wahl?

Thalmann folgte seinem Kollegen zum Empfang.

»Na endlich!«, begrüsste ihn Fischer. »Ich will aussagen.«

»Herr Fischer. Frau Fischer. Ich bin gerade mitten in einem Verhör ...«

»Das kann warten. Ich habe Marc Brunner getötet. Ich war es. Nicht seine Ex-Frau, nicht seine Geliebte, auch wenn ich sie nicht ausstehen kann. Schon der Gedanke an ihr süssliches Parfüm macht mich krank.«

Thalmann blieb äusserlich ruhig, fast unbeteiligt. Innerlich arbeitete sein Verstand jedoch auf Hochtouren.

»Kommen Sie bitte mit«, sagte er. Die Erleichterung stand Fischer ins Gesicht geschrieben, als fiele eine grosse Last von ihm.

»Können Sie bitte die Aussage von Herrn Fischer aufnehmen?«

Der Kollege vom Empfang warf einen kurzen Blick auf den Schreibtisch voller Briefe und anderer Dokumente, dann nickte er. »Klar, mach ich. Wenn Sie mir bitte folgen würden?«

Als Fischer an Thalmann vorbeiging, roch dieser den Alkohol.

»Danke«, flüsterte Fischer im Vorbeigehen. Thalmann hob nur die Augenbrauen und folgte ihnen zum Verhörraum, in dem Emily Brunner nervös auf die Tischplatte trommelte.

Auf dem Weg kam er am ersten Verhörraum vorbei. Natürlich warf er einen kurzen Blick durch das kleine Fenster. Auf dem Tisch lagen unzählige Fotos.

Daniela Burri zeigte Tamara gerade ein Bild von Lukas Keller. Keine Reaktion. Dann ein Bild von Herrn Fischer.

»Hast du den schon einmal gesehen?«

Tamara starrte nur auf das Bild, sagte aber nichts. Daniela seufzte. Natürlich hatte das Mädchen Fischer schon gesehen.

So kamen sie nicht weiter.

Das spürte auch der Psychologe, dessen Stirn sich immer tiefer in Falten legte. Er wirkte besorgt. Letztendlich gab er Daniela und mir ein Zeichen, ihm nach draussen zu folgen.

»Ich glaube, wir sollten sie etwas schonen. Sie reagiert typisch für jemanden, der traumatisiert ist. Wer weiss, was sie in den letzten 48 Stunden gesehen oder erlebt hat. Ich halte es für besser, wenn wir ihr Raum geben.«

Daniela sah mich an. Seine Erklärungsversuche überzeugten uns beide nicht.

»Sie bleibt erstmal hier. Ich möchte nicht, dass jemand mit ihr redet. Und schon gar nicht, dass sie wieder verschwindet.«

»Dagegen ist nichts einzuwenden.«

»Danke.«

Wir beobachteten, wie eine Polizistin Tamara wegführte.

»Und jetzt?« fragte ich, während ich den beiden gedankenverloren nachsah.

»Jetzt muss ich nachdenken.« Daniela ging voraus in ihr Büro. Ich folgte ihr, schloss die Tür und setzte mich ihr gegenüber.

»Es gibt im Grunde nur eine Möglichkeit, was Tamara angeht: Sie hat gesehen, wer ihren Vater ermordet hat, und ist deswegen geflüchtet.« Daniela schüttelte den Kopf. »Warum hat sie dann nicht Hilfe geholt?«

»Weil sie den Mörder lieber hatte als ihren Vater?«

Danielas Stirn legte sich in Falten. »Apropos.«

Sie erzählte mir in wenigen Worten von Brunners Nachbarn.

»Ein Nachbarschaftsstreit als Mordmotiv?«

»Wieso nicht.«

»Das passt nicht zur Art des Mordes. Meinst du wirklich, Fischer würde Brunner vergiften? Nach deiner Beschreibung denke ich eher an eine Axt, ein Handgemenge, eine Schusswaffe, ein Messer ... was auch immer.«

»Er lag direkt neben dem Zaun zu Fischers Haus.«

»Vielleicht suchte er nach Hilfe und wusste, dass dort immer jemand zuhause war.«

Daniela gab sich geschlagen. Missmutig liess sie sich in ihren Sessel fallen, bewegte die Maus, was den Bildschirm zum Leben erweckte. Eine E-Mail stach aus allen anderen hervor: Jemand hatte Brunners Brieftasche bei der Bank am Bahnhof abgegeben. Sie enthielt eine grosse Menge Geld. Die Bank fragte an, ob jemand die Brieftasche abholen könne.

Noch bevor Daniela die Information einordnen konnte, klopfte es an der Tür.

»Entschuldigung, dass ich störe, aber ich wollte den Kollegen Thalmann nicht noch einmal belästigen. Ich bin mit den Aussagen von Herrn und Frau Fischer fertig. Aufgrund der Ergebnisse müsste ich Herrn Fischer jetzt festnehmen.«

»Fischer hat den Mord gestanden?« Daniela hatte definitiv nicht mit dieser Wendung gerechnet.

Der Kollege nickte. »Möchtest du ihn noch kurz sehen?«

KAPITEL 26

Keine halbe Stunde, nachdem Emily und Tamara Brunner den Polizeiposten verlassen hatten, klingelte Thalmanns Telefon. Die Begegnung zwischen Mutter und Tochter war eisig und schwierig gewesen, ein Minenfeld aus unausgesprochenen Vorwürfen und vorsichtigem Herantasten. Thalmann fehlte etwas Handfestes, um sie auf dem Posten behalten zu können. Das Einzige, was ihm blieb, war ein Anruf im Inselspital, das den nicht wahrgenommenen Termin Brunners bestätigte. Emily Brunner wusste genau, weclhe Rechte sie zur Geltung bringen musste. Nur ungern liess er die beiden gehen.

Herr Fischer war vorübergehend festgenommen worden. War er die dritte Person, von der Tamara in so geheimnisvoller Weise gesprochen hatte?

Thalmann massierte sich die Schläfen; die Kopfschmerzen liessen nicht nach. Als sie dann 4000 Franken in der Brieftasche zählten, die Brunner gehörte, rückte plötzlich Antener wieder ins Visier der Ermittlungen.

War sie wirklich so unbedarft, wie sie tat? Oder spielte sie ein geschicktes Spiel? Die Vorstellung, dass sie mit Keller gemeinsame Sache gemacht haben könnte, liess ihn nicht los.

Sie das Geld, er die Rache – eine Teufelskombination.

Thalmann nahm ein Schmerzmittel und spülte es mit einem grosszügigen Schluck Kaffee hinunter. Langsam schwand ihm die Geduld. War er zu alt für diesen Beruf geworden?

Das Klingeln des Telefons riss ihn aus seinen Gedanken. Er nahm den Anruf entgegen und hörte mehr oder weniger geduldig zu, während sein Blick die Wand gegenüber musterte.

Daniela beobachtete ihn, versuchte, etwas aus seinem Gesichtsausdruck zu lesen – vergeblich.

»Aha ... sicher?« Seine Stimme war schwer zu deuten. Er nickte nochmal, bedankte sich und legte auf. Einen Moment lang starrte er ins Leere, als würde er versuchen, das Gehörte in seinem Kopf zu ordnen.

»Andreas?«

Er atmete tief ein, die Worte kamen ihm nur zögerlich über die Lippen. »Keller ist verschwunden. Selbst die verschlafene Antener weiss nicht, wohin er gegangen ist. Sein Handy hat er bei ihr gelassen.«

Daniela verschränkte die Arme. »Sie hat ihm sicher erzählt, was passiert ist.«

»Und dabei hat sie sicher auch das Mädchen erwähnt. Wenn er sich ihrer Anwesenheit nicht bewusst war ...« Thalmann liess den Satz in der Luft hängen. Beide wussten, was das bedeutete. Wenn Keller das Gefühl bekam, Tamara hätte ihn gesehen, wurde sie zur Gefahr für ihn.

Aber warum hatte sie nicht reagiert, als Daniela ihr das Foto unter die Nase gehalten hatte?

›Weil sie den Mörder lieber hatte als ihren Vater‹, hatte Valerie gesagt. Gab es eine Verbindung zwischen Tamara und Keller?

»Keller hat gut vierzig Minuten Vorsprung.« Thalmann kniff die Augen zusammen.

Daniela griff bereits zum Telefon.

»Wen rufst du an?«

»Valerie. Sie ist vor Ort. Bis zur Wohnung der Brunners ist es von der Buchhandlung nur ein Katzensprung.«

Thalmann war bereits aus der Tür, seine Schritte hallten auf dem Boden des Gangs wider. Daniela folgte ihm, den Hörer noch am Ohr, während es in der Buchhandlung klingelte.

»Buchhandlung *die gute Seite*?«

»Valerie, hör mir zu.«

Danielas Stimme liess mir einen Schauer über den Rücken laufen. »Du musst so schnell wie möglich zu Emily Brunner.«

»Was ist denn los?«

In zwei, drei Sätzen schilderte sie die Lage. Währenddessen tauschte ich immer wieder Blicke mit Donnie und vermied die meiner Mutter, die sich immer noch darüber beschwerte, dass ich sie weiter hatte suchen lassen, obwohl Tamara längst wieder aufgetaucht war. Ich deutete auf den kleinen Aufenthaltsraum, und Donnie verstand sofort. Als ich den Anruf beendete, stand er bereits mit den Jacken bereit.

»Was ist denn los?«, fragte Bärbel empört.

»Wir müssen los. Ein Notfall. Du bleibst hier und kümmerst dich um den Laden.«

»Warum sagt mir denn nie jemand was?«

»Ich erklär's dir später, Mutter.«

Im Vorbeigehen drückte ich ihr einen Kuss auf die Wange, fing meine Jacke auf, die Donnie mir zuwarf, und schon verabschiedete uns die kleine Glocke an der Eingangstür.

Mit ein paar Sätzen brachte ich Donnie auf den neuesten Stand und war erleichtert, dass er keine unnötigen Fragen stellte. Daniela hatte gesagt, sie würden das Dorf abriegeln.

Wir rannten zum Einkaufszentrum hinunter und ernteten Gehupe, als wir die Strasse überquerten, ohne uns umzusehen. Entlang der katholischen Kirche sprinteten wir die Kirchstrasse hinunter. Kurz bevor wir den Schmiedeweg erreichten, hielt mich Donnie zurück.

»Wir sollten ...« Er rang nach Atem. »Wir sollten etwas unauffälliger sein«, raunte er. »Wenn der Typ da ...«

»Keller«, ergänzte ich.

»Ja, wenn der wirklich hier ist, sollte er uns nicht schon aus sechs Kilometern Entfernung atmen hören.«

»Du hast recht.«

Ich hielt inne und stützte die Hände auf die Knie. Mein Atem ging stossweise, Schweiss lief mir in die Augen, und meine Oberschenkel brannten.

Langsam richtete ich mich wieder auf. Der Himmel war bereits von den ersten Schatten der

Nacht durchzogen. Mein Atem bildete kleine Wolken in der kalten Luft. Ein Auto fuhr vorbei, seine Scheinwerfer streiften uns flüchtig.

Wir sammelten uns und gingen weiter. Gefasst, aber zügig. Wir liessen den Parkplatz links liegen und den Spielplatz rechts. Bei den Briefkästen hielt ich kurz inne.

3. Stock, rechts.

Vor den Aufzügen hing ein Spiegel. Im Vorbeigehen warf ich einen Blick hinein. Meine Haut war so weiss wie Schnee, meine Lippen so rot wie Blut.

KAPITEL 27

Wir nahmen die Treppe, Stufe um Stufe. Jeder hastige Schritt unerträglich laut in der angespannten Stille. Aber vielleicht waren das auch einfach meine Nerven.

Im ersten Stock drang das dumpfe Murmeln eines Fernsehers aus einer Wohnung, als würden dort Stimmen flüstern. Im zweiten schloss sich mit einem harten Knall eine Tür, kurz bevor wir das Stockwerk erreichten. Ich zuckte zusammen. Die ganze Welt schien nur noch aus unsichtbaren Gestalten und verstohlenen Blicken zu bestehen. Ich musste unbedingt meine Gedanken im Zaum halten. Das Ganze machte mir Angst. Wir waren einfach so losgegangen, ohne zu überlegen, was uns erwarten könnte.

Im dritten Stock herrschte absolute Stille.

Keine Schritte, keine Stimmen, nicht einmal ein fernes Rauschen von fliessendem Wasser.

Die Luft war kalt, und eine Mischung aus Waschpulver und Zigarettenrauch hing in der Luft – überraschend und irgendwie unpassend. Vor Brunners Tür lag eine abgenutzte Fussmatte mit zwei schwarzen Katzen und einem ausgebleichten Herzen. Es wirkte fast wie ein unheilvolles Symbol.

Ich nickte Donnie zu und drückte die Klingel.

Nichts regte sich. Ich hörte weder ein Summen noch irgendein anderes Geräusch. Wieder klingelte ich, diesmal länger. Die Stille auf der anderen Seite wurde bedrückend und zunehmend unheimlicher. Ich sah Donnie an und spürte, wie das Gefühl der Beklemmung immer mehr von mir Besitz ergriff.

Er zuckte nur mit den Schultern, klopfte dann kräftig an die Tür. Einen Augenblick lang dachte ich, dass nichts passieren würde – bis die Tür von alleine aufschwang. Dahinter wartete ein dunkler Eingangsbereich, der uns erwartungsvoll anstarrte.

Es war definitiv keine gute Idee gewesen, einfach hierherzukommen. Was, wenn der Killer in der Wohnung war? Donnie schien keine derartigen Gedanken zu haben.

»Frau Brunner?«, fragte er und trat in den dunklen Flur. »Tamara?«

Ein dicker Vorhang versperrte den Blick ins Innere. Donnie schob ihn beiseite. »Frau Brunner?« Seine Stimme hallte dumpf im Raum wider. Er machte einen Schritt ins Wohnzimmer und blieb abrupt stehen, sodass ich mit ihm zusammenstiess.

Auf der Couch lag Frau Brunner.

Sie trug übergrosse Ohrhörer und hatte uns den Rücken zugewandt. Wir wechselten einen kurzen Blick, bevor ich mich näherte. Die Frau lag regungslos da. Erleichtert, keine sichtbaren Blutspuren zu sehen, fasste ich Mut. Ich berührte sie sanft an der Schulter, bemerkte ihr blasses Gesicht. Sie wirkte friedlich. Erneut blickte ich Donnie fragend an. Er zuckte nur mit den Schultern.

Ich berührte sie erneut, diesmal fester.

Und plötzlich kam Leben in sie.

Mit einem Ruck drehte sie sich um, schrak auf und rutschte in einer blitzschnellen Bewegung vom Sofa. Mit unglaublicher Geschwindigkeit kam sie auf die Füsse und hatte bereits mehrere Schritte Abstand zu uns, die Arme schützend vor sich erhoben. Und das noch bevor ich erneut Luft holen konnte.

Dann erkannte sie uns und liess ihre Hände sinken. Sie setzte die Kopfhörer ab.

»Habt ihr mich erschreckt!« Ihre Stimme zitterte.

»Also ... die Tür stand offen und ...« Ich suchte nach Worten.

»Wo ist Tamara?«, fragte Donnie.

Ihre Augen wurden gross und huschten suchend zwischen uns hin und her. »Tamara? In ihrem Zimmer, nehme ich an.«

»Nimmst du an?« Donnies Ton liess sie zusammenzucken. Ein Schatten von Angst huschte über ihr Gesicht. Sie drehte sich um, und wir folgten ihr. Sie öffnete eine Tür und trat ein. »Tamara?«

Das Zimmer war leer.

Verwirrt ging sie an uns vorbei, warf hektische Blicke ins Badezimmer.

Keine Spur von Tamara.

»Was ist hier los?«, flüsterte sie, das Gesicht bleich. Ich erklärte ihr in wenigen Worten, weshalb wir gekommen waren. Brunner erbleichte. Einen Moment lang dachte ich, ihr würde schwindlig werden.

»Wohin ist sie gegangen?«, fragte Donnie.

»Ich ... ich habe keine Ahnung. Ich muss eingenickt sein.«

»Weit kann sie nicht sein«, sagte ich, mehr zu mir selbst als zu den anderen.

Brunner eilte an mir vorbei zur Garderobe im Eingangsbereich und machte Licht.

»Ihre Jacke ist fort.«

»Das ist doch schon einmal ein guter Punkt.«

Sie sah mich perplex an.

»Nun, wäre sie entführt worden, würde die Jacke immer noch da hängen«, erklärte ich.

»Entführt?«

»Wohin könnte sie gegangen sein?«

Brunner überlegte, liess den Blick über den langen Spiegel, das Schlüsselbrett und die Garderobe mit den Jacken und Mänteln wandern.

Plötzlich zuckte ihr Blick zurück zu den Schlüsseln.

»Was ist?«, fragte ich.

Sie antwortete nicht, machte aber zwei Schritte auf das Schlüsselbrett zu. Mit hastigen Bewegungen durchsuchte sie die Haken, öffnete dann eine Schublade im Schuhschrank und spähte hinein. Langsam drehte sie sich zu uns um, das Gesicht fahl.

»Die Schlüssel sind weg.«

»Welche Schlüssel?«

»Die von Marc.«

Donnie und ich tauschten einen schnellen Blick. Noch während wir die Treppe hinunterrannten, zückte ich mein Handy und rief Daniela an.

KAPITEL 28

Daniela erreichte die Brugerastrasse fast zeitgleich mit uns. Diesmal parkte Thalmann den Wagen direkt hinter Brunners. Mein Magen zog sich zusammen, als sie ausstiegen.

»Ihr bleibt hinter uns!« Thalmanns Stimme war knapp, fast beiläufig, doch ich verstand auch so den Befehl darin.

Danielas Augen wanderten über die Fenster-fronten, suchten nach einer Bewegung, einem Indiz. Die Tür zur Garage stand offen; ein schwacher Geruch von Motoröl und etwas Metallischem hing in der Luft. Thalmann trat als Erster ein, die Waffe im Anschlag. Daniela folgte ihm dicht, so nah, dass ihre Schritte in seinen untergingen. Mein Puls hämmerte in meinen Ohren.

Bitte, lass es nicht zu spät sein.

Im Erdgeschoss herrschte gähnende Leere und eine angespannte Stille, als hätte das Haus den Atem angehalten. Thalmann bewegte sich zur Treppe, nahm jede Stufe einzeln. Das Treppenhaus war dunkel, voller Schatten, die wie stumme Warnungen auf mich wirkten. Oder Verräter. Mein gedämpftes Atmen zerschnitt die Stille, das Pulsieren meines Blutes dröhnte in meinen Schläfen.

Oben schob Thalmann die Tür am Ende der Treppe einen Spalt auf. Seine Schultern spannten sich, bevor er vorsichtig einen Blick wagte. Nach einer Sekunde nickte er Daniela zu. Ein kurzer Augenkontakt – dann ein Tritt gegen die Tür.

»Polizei! Bleiben Sie, wo Sie sind!« Thalmanns Stimme war kalt und schneidend. »Hände hoch! Jetzt!«

Daniela stürmte hinter ihm in den Raum, wandte sich nach rechts.

Der Wohnbereich lag nun vor uns.

Tamara stand dort, wie versteinert. Die Schultern leicht erhoben, als fürchtete sie einen Schlag. Ihr Gesicht war aschfahl, ihre Augen weit vor Angst.

Und vor ihr stand Frau Fischer.

Keine Spur von Unsicherheit in ihrer Haltung – als hätte sie uns erwartet. Mit einer fliessenden Eleganz drehte sie sich um, so schnell, dass mir der Atem stockte. Ihre Augen blitzten kalt, voller Berechnung. Keine Panik. Nur ein Hauch von Spott. Langsam hob sie die Hände auf Brusthöhe, ihre Lippen zuckten, als wollte sie lächeln. »Lassen Sie sie in Ruhe!«, schrie sie uns an. Mit bedächtigen Schritten wich sie zurück, auf Tamara zu, die immer noch wie angewurzelt dastand.

»Bleiben Sie, wo Sie sind!« Thalmann bewegte sich um einen Beistelltisch, den Blick fest auf Fischer gerichtet, die Waffe im Anschlag.

Daniela rückte von der anderen Seite näher heran, ihre Hände zitterten leicht, doch ihre Augen waren entschlossen.

Ich wagte es nicht, zu blinzeln.

Dann warf Thalmann unerwartet seine Waffe aufs Sofa. Für den Bruchteil einer Sekunde folgte Fischers Blick dem Objekt – und das reichte. In einem Satz war er über ihr, brachte sie zu Boden und fixierte sie mit einem Knie im Rücken.

»Handschellen!«

Daniela halfterte ihre Waffe und warf ihm die Handschellen zu. Es klickte metallisch, als Thalmann sie der Frau anlegte und sie unsanft hochzog.

Tamara schien die Welt nicht mehr zu verstehen. Ich machte die wenigen Schritte zu ihr und nahm sie in die Arme. »Alles ist gut. Wir sind jetzt da.«

Doch das Mädchen entspannte sich nicht. Ihr Körper blieb starr.

Während Daniela Fischer abführte, hob Thalmann seine Waffe wieder auf. Er zückte sein Handy.

»Wir haben sie«, sagte er knapp, lauschte kurz und nickte dann. »Bringt ihn aufs Revier.«

Ich sah ihn fragend an. Er hielt kurz inne, bevor er erklärte: »Sie haben Keller erwischt. In der Früchteabteilung des Bahnhofszentrums.«

Seine Worte waren wie ein Befreiungsschlag.

Mit einem tiefen Atemzug spürte ich die Anspannung weichen.

Der Albtraum war vorbei.

KAPITEL 29

Alle fanden sich auf dem Polizeiposten wieder: Keller, Antener, Frau Fischer, Tamara und Emily Brunner, die meinen Anruf aus dem Streifenwagen mit Tränen der Erleichterung quittiert hatte.

Daniela und ich nahmen uns Frau Fischer vor. Schon als wir den Raum betraten, blitzte ihre Verachtung auf. Ihre Augen funkelten vor Hass, ihre Haltung war angespannt.

»Sie hat genug gelitten!«, schrie sie, noch bevor wir uns setzen konnten. »Lasst das Kind in Ruhe!«

»Setzen Sie sich, Frau Fischer«, sagte Daniela ruhig. »Tamara ist bei ihrer Mutter.«

Doch Fischer blieb stehen, ihre Fäuste zitterten leicht.

»Und was will die da hier?«, keifte sie und nickte in meine Richtung.

Ich spürte, wie Daniela innerlich kurz inne-hielt, dann antwortete sie in einem kühlen Ton: »Jetzt beruhigen Sie sich.«

Ich wusste, was kommen würde. Niemand beruhigte sich, wenn man ihn dazu aufforderte. Und Fischer war keine Ausnahme. Stattdessen schäumte sie vor Wut und schleuderte uns eine Tirade unschöner Worte entgegen. Daniela liess sie reden und setzte sich. Ihre Geduld schien unerschütterlich.

Schliesslich liess Fischer sich schwer auf den Stuhl sinken. Ihre Schultern sackten ein wenig nach unten, und ihr Blick fiel auf ihre ge-fesselten Hände. Für einen Moment wirkte sie verloren, fast kindlich.

»Sie müssen meinen Mann freilassen«, murmelte sie. Ihre Stimme klang plötzlich gebrochen. »Ich war's. Nicht er. Er wollte mich nur schützen. Ich hab Brunner umgebracht.«

Daniela lehnte sich leicht vor. Ihr Gesichts-ausdruck war undurchdringlich.

»Schön der Reihe nach, Frau Fischer«, sagte sie. »Was suchten Sie in Brunners Haus?«

Fischer schwieg. Dann hob sie den Kopf, ihre Augen waren starr auf Daniela gerichtet. »Ich wollte schauen, ob es Tamara gut ging.«

»Wie wussten Sie, dass sie im Haus war?«

Ein Schulterzucken. »Feminine Intuition.«

Ich unterdrückte ein Seufzen. Fischer spielte auf Zeit.

»Fällt Ihnen da nichts Besseres ein?«, fragte Daniela ruhig.

Fischer zog die Lippen zu einer dünnen Linie zusammen. »Ich habe Brunner getötet.«

Daniela reagierte nicht auf das Geständnis. »Ich glaube, Sie wollten eine Zeugin beseitigen.«

Fischers Kopf zuckte hoch, ihre Augen waren weit aufgerissen. Für einen Moment wirkte sie sprachlos, doch dann kehrte ihre Trotzreaktion zurück. »Ich habe Brunner getötet.«

Daniela seufzte leise. »Gut. Wie haben Sie Brunner umgebracht?«

»Ich hab ihn vergiftet.«

»Womit?«

Die Frage schien sie aus dem Gleichgewicht zu bringen. Sie starrte von Daniela zu mir und wieder zurück. »Nun ... das wissen Sie doch sicher schon.«

»Ich möchte es von Ihnen hören.« Danielas Stimme war leise, fast sanft, doch ihr Blick liess keinen Zweifel zu.

Fischer knetete ihre Hände. Sie überlegte, wie sie der Situation entfliehen könnte.

»Cyanid«, sagte sie schliesslich.

Und in ihren Augen glomm ein Funken Triumph.

Christine Antener sah man die vergangene Nacht noch immer an: Tiefe, dunkle Ringe zeichneten ihr Gesicht, als Thalmann eine Akte vor ihr auf den Tisch warf. Der Knall liess sie zusammenzucken.

»So, der Strafrahmen für Mord reicht von zehn Jahren Freiheitsstrafe bis lebenslänglich«, begann Thalmann und liess sich schwer auf den Stuhl fallen. »Lebenslänglich ist selten. Aber bei Ihnen könnten wir eine Ausnahme machen.«

Antener schnappte nach Luft, klammerte sich an die Tischkante. »Ich ... ich ...«, stammelte sie.

Thalmann liess sich nicht beirren. »Wir haben die Brieftasche gefunden, nach der Sie suchten.«

»Gott sei Dank.«

»Eine Menge Geld.«

Antener wurde bleich.

»Wofür war das gedacht?«

»Ich muss meine Rechnungen bezahlen, wie jeder andere auch.«

»Nur, dass das Geld nicht Ihnen gehört.«

Thalmann lehnte sich vor, sein Blick war unerbittlich.

»Es stammt von Marc Brunners Bankkonto. Es wurde am Nachmittag seines Todes mit seiner Kreditkarte in Bern abgehoben ...«

»Er hatte genug davon«, unterbrach Antener.

»Und er würde es ja eh nicht mehr brauchen? Ist es das, was Sie mir sagen wollen?«

Sie biss sich auf die Lippen, die mittlerweile blass geworden waren.

»Seit wann wussten Sie, dass Ihr Freund Keller Brunner kannte?«

Ihre Augen weiteten sich. Der Schock auf ihrem Gesicht wirkte echt. Sie spielte nicht mehr.

»Ach was, Sie haben wirklich nichts davon gewusst?« Thalmann lächelte kühl.

»Lukas kennt Marc?«, fragte sie leise. Ihre Lippen waren weiss wie Papier, ihre Wangen unnatürlich rot.

KAPITEL 30

Lukas Keller sass da, als wäre er zum Kaffeetrinken gekommen. Seine Haltung war entspannt, die Vorderarme hatte er locker auf dem Tisch gelegt, während Thalmann dem uniformierten Polizisten ein Zeichen gab, den Raum zu verlassen. Kellers Augen glitzerten, als Thalmann sich vor ihn setzte.

»Man wird nicht jeden Tag in der Früchteabteilung eines Einkaufszentrums von zwei Polizisten abgeführt«, bemerkte Keller mit einem fast gelangweilten Ausdruck.

Thalmann erwiderte seinen Blick kühl. »Es gibt immer ein erstes Mal, Herr Keller.«

Keller zog die Mundwinkel leicht nach oben, lehnte sich zurück und verschränkte die Arme, als wollte er sich auf eine gemütliche Plauderei einlassen. »Na, dann – wie kann ich Ihnen helfen?«

»Nun, wir wissen um Ihre ... interessante Vergangenheit mit Brunner.« Thalmanns Stimme klang ruhig, doch seine Augen verrieten Wachsamkeit. Keller bemerkte es und grinste breiter.

»Ach ja?« Sein Tonfall war provozierend beiläufig, als spräche man über das Wetter.

»Ach ja.« Thalmann liess das Echo mit einer Spur von Bedeutung hängen, seine Miene unerschütterlich. Keller neigte den Kopf, als überlegte er ernsthaft, dann nickte er sachte, den Blick forschend auf Thalmann gerichtet.

»Und?« Keller machte eine kleine Pause, liess seinen Blick durch den Raum schweifen, als wäre das alles nicht der Rede wert.

Thalmann hielt die Augen fest auf ihn gerichtet. »Sie wollten ihn umbringen, nicht wahr?«

Ein Glitzern huschte über Kellers Augen – kurz, aber vielsagend. Er hob eine Augenbraue und schüttelte dann leicht den Kopf. »Und wenn dem so wäre?«, fragte er mit fast sanfter Stimme. Sein Ton trug eine Spur von Gleichgültigkeit, als sei die Sache längst entschieden.

»Wie fühlt sich das an, wenn man zu spät kommt?« Thalmanns Stimme war scharf und traf Keller mit einer Präzision, die dessen

Grinsen kurz verschwinden liess. »Jemand anderes hatte das bereits für Sie erledigt.«

Keller fing sich rasch, zog die Schultern hoch und entspannte sich wieder.

»Vielleicht.« Das Wort glitt leise über seine Lippen, fast gespielt nachdenklich.

»Ist das alles, was Sie dazu sagen möchten?« Thalmann beugte sich ein wenig vor, seine Augen bohrten sich in Kellers Gesicht. Doch Keller zuckte nur lässig mit den Schultern und lächelte süffisant, als hätte er das alles schon zehnmal durchgespielt.

»Jeder erhält die Strafe, die er verdient. Früher oder später.« Seine Stimme war leise, aber der Ausdruck in seinem Gesicht zeigte, dass er jeden Moment genoss. Ein Hauch von Triumph lag in seinen Augen, als wollte er Thalmann sagen, dass die Sache für ihn keineswegs beendet war – im Gegenteil, sie hatte gerade erst begonnen.

Thalmann biss die Zähne zusammen, die Kiefer angespannt. Er wusste, dass Keller dieses Katz-und-Maus-Spiel liebte. Doch er wusste auch, dass er nicht locker lassen durfte – nicht dieses Mal.

»Und dann kamen Sie auf die Idee mit Christine Antener«, bemerkte Thalmann, die Augen schmal und wachsam.

Keller hob eine Augenbraue, fast amüsiert. »Nun, wenn eine Dame ihr Interesse an mir mit einem solchen Knall bekundet ...«

Thalmann nickte schwach. »Wann wussten Sie, dass Antener Brunner kannte?«

»Das Glück des Zufalls, Herr Thalmann. Es trifft nur die, die vorbereitet sind.«

»Sie haben ihn also schon eine Weile beobachtet?« Thalmanns Tonfall war fast beiläufig.

»Mag sein.« Keller legte den Kopf schräg, als sei ihm das Thema langweilig geworden, die Augen halb geschlossen.

Thalmann seufzte leise, Resignation deutlich spürbar. »Sie haben Antener eiskalt benutzt.«

Keller zuckte die Schultern und lächelte. »Darf man sich denn heutzutage nicht mehr verlieben?« Ein Hauch von Ironie schwang in seiner Stimme mit.

Ein Moment der Stille hing zwischen ihnen, schwer und endgültig. Thalmann musste sich eingestehen: Er hatte nichts Handfestes gegen diesen Mann in der Hand.

Keller lehnte sich gelassen zurück, ein Hauch von Überlegenheit in seinem Blick.

»Was werden Sie nachher tun, Herr Thalmann?«, fragte er mit gespieltem Interesse.

Thalmanns Gesicht war eine starre Maske. Doch Keller liess sich nicht beirren. »Nun«, fuhr er fort, »ich werde aus diesem Gebäude spazieren, mir ein gutes Essen gönnen, vielleicht ein Glas von diesem teuren Rotwein. Dann werde ich nachdenken – darüber, wo ich noch nie gewesen bin. Und wenn ich dann in einem Zug sitze … dann, Herr Thalmann, dann werde ich nicht einmal mehr an Sie denken.«

Er hielt kurz inne und musterte Thalmann mit einem Blick, der herausfordernd und abschätzend zugleich war. »Und wer weiss … vielleicht verliebe ich mich dann irgendwo erneut.«

Thalmann spürte, wie sich Wut in ihm regte, doch er sagte nichts. Keller grinste, stand auf und klopfte sich imaginären Staub von der Jacke. Dann drehte er sich um, ging zur Tür – und verschwand.

Das Echo seiner Schritte hallte noch in Thalmanns Kopf nach.

KAPITEL 31

Emily Brunner wirkte verletzlicher als je zuvor. Tamara hingegen erstaunlich gefasst, ihr Blick wachsam, trotz allem, was geschehen war.

Ich bewunderte ihre Stärke.

»Würdest du uns erzählen, was an dem Tag passiert ist, als dein Vater starb? Von dem Moment an, als deine Mutter dich dorthin brachte?«

Im Gegensatz zur ersten Befragung zeigte sich Tamara offen. Lag es daran, dass ihre Mutter diesmal dabei war?

Sie begann zu erzählen, zuerst stockend, dann immer sicherer. Sie sprach von den Croissants, die sie mitgebracht hatten, von der Gereiztheit ihres Vaters, vom Besuch der seltsamen Dame mit der Rose und dem Buch.

»Woher wusstest du, dass es ein Buch war?«, unterbrach Daniela sie.

»Es gibt nur einen Ort, der solches Verpackungspapier benutzt.«

Daniela nickte und lud sie ein, fortzufahren.

Das Mädchen berichtete, wie ihr Vater der Frau sein Auto auslieh. Die Schlüssel hatte ihr Vater zusammen mit der Brieftasche auf einem Sideboard gelegt. Und wie die Frau gezögert, schliesslich aber beides mitgenommen hatte.

Dann, so erzählte Tamara weiter, sei auch der Nachbar gekommen.

»Du kanntest ihn?«

Tamara nickte.

Daniela machte sich eine Notiz. »Warum hast du mir das nicht gesagt, als ich dir sein Foto zeigte?«

Der Nachbar hatte sie weggeschickt, weil er etwas Wichtiges mit ihrem Vater besprechen wollte. Mit dem wollte sie nichts mehr zu tun haben.

»Du hast sie allein gelassen?«

»Mein Vater wollte es so.«

»Und dann?«

»Als ich zurückkam, standen zwei Gläser auf dem Tisch. Vom Nachbarn keine Spur mehr.«

»Du hast ihn also nicht mehr gesehen?«, fragte Daniela.

Tamara schüttelte den Kopf.

»Und du weisst auch nicht, worüber sie gesprochen haben?«

Erneut verneinte Tamara. Ich tauschte einen schnellen Blick mit Daniela. Sie nickte.

»Es standen zwei Gläser auf dem Tisch, richtig?« fragte ich sanft.

Tamara nickte.

»Tamara«, fuhr ich fort und liess meine Stimme leiser werden, »warum ist Schneewittchen einfältig?«

Die Frage traf sie wie ein Blitz. Ich liess ihr keine Zeit, sich zu sammeln.

»Ich will dir sagen, warum«, erklärte ich und beugte mich leicht vor. »Schneewittchen vertraut immer wieder, obwohl man ihr Böses will. Die Königin, besessen von ihrer Schönheit, will sie vernichten. Doch das Gute – so schwach es scheinen mag – überlebt, und das Böse wird bestraft. Der Spiegel ... er ist nur eine Illusion. Die Königin braucht ihn, um zu wissen, wer sie ist. Aber Schneewittchen braucht keinen Spiegel.«

»Ich bin nicht Schneewittchen«, flüsterte Tamara trotzig.

»Ich weiss.«

Tamaras Mutter sah verwirrt und sprachlos zu, während das Gespräch eine unerwartete Wendung nahm.

»Tamara«, fragte ich schliesslich, »warum hast du nur ein Glas abgewaschen – und nicht beide?«

Ein Hauch von Panik flackerte in ihren Augen. Daniela hielt den Atem an.

»Du ... du hast doch nicht ...?« Die Angst in der Stimme ihrer Mutter war greifbar.

»Du bist nicht Schneewittchen, Tamara«, sagte ich leise. »Schneewittchen sitzt direkt neben dir.«

Tamara senkte den Kopf, ihre Finger zitterten.

»Habe ich recht?«

»Er war schuld ... an allem«, sagte sie kaum hörbar.

»An allem?«, flüsterte Frau Brunner entsetzt. Tamaras Blick wurde hart. »Er war grausam, gemein ... er hat uns nur schlecht behandelt.«

»Aber Kind, das ... das ist doch nicht wahr ... ich ...«

»Das hast du mir oft genug gesagt!« schrie Tamara ihre Mutter an. »Immer und immer wieder hast du gesagt, wie gemein er zu dir war, wie schlecht er uns getan hat. Wie du krank geworden bist wegen ihm ...«

»Aber die Tumore haben doch nichts ...«

»DU LÜGST!« Tamaras Stimme überschlug sich vor Wut und Schmerz. Sie sprang auf, ihr Stuhl kippte laut polternd um. Der Polizist vor der Tür stürmte herein, blieb jedoch auf ein Zeichen Danielas stehen.

Und dann brach Tamara zusammen.

Sie sank auf die Knie, ihr Körper bebte in einem Schwall aus Tränen und unkontrolliertem Schluchzen. Ohne ein Wort kniete Frau Brunner sich neben sie, zog sie behutsam zu sich heran und schloss sie in die Arme.

KAPITEL 32

»Wie bist du darauf gekommen?«, fragte Donnie, während er mit geübter Geste ein weiteres Säckchen in den grossen Samichlausensack fallen liess. Er warf einen Blick zum Fahrer, der kopfschüttelnd die Ladetür seines Lieferwagens schloss, in dem er eine der wieder bestückten Paletten verräumt hatte, bevor er sich ans Steuer setzte. Im Hintergrund schallte Elvis' warme Stimme: ›Here Comes Santa Claus‹.

»Frau Fischer behauptete, sie hätte Brunner mit Cyanid vergiftet. Aber das stimmte ja nicht.« Ich hielt kurz inne, spürte ein vertrautes Gefühl in meiner Brust, und sah Donnie direkt an. »Die Wahrheit ist: Sie mussten Brunner gehört haben. Er hat doch sicherlich nach Hilfe geschrien. Und sie wussten genau, wer noch im Haus war – auch wenn sie es niemals zugeben würden.«

Donnie hob die Augenbrauen. »Du meinst, sie wussten, dass Tamara dort war?«

»Ganz sicher«, sagte ich und legte die Hände auf die Holztheke der Buchhandlung. Der Duft von Tannenzweigen und Nelken aus dem Adventskranz stieg mir in die Nase. »Und sie haben doch gesehen, wie Brunner manchmal ausrastete. Wie Tamara darunter litt. Das war für niemanden ein Geheimnis.«

Donnie lehnte sich mit verschränkten Armen zurück, sein Schmutzli-Kostüm raschelte bei der Bewegung, und die kleinen Schellen klimperten leise. »Also haben sie ihn einfach schreien lassen?«

Ich zögerte, liess den Gedanken sacken, bevor ich weitersprach. »Es könnte sogar sein, dass Tamara die Nacht bei ihnen verbracht hat. Vielleicht war das ihre Art, sie zu schützen.«

Donnie schüttelte den Kopf, und sein Kostüm gab den Klangteppich zu seiner Meinung.

»Nachdem Tamara das Gift ins Wasserglas ihres Vaters getan hatte, nahm sie sein Handy an sich und verschwand. Sie hat es bei der Tennishalle auf die Schiene gelegt. Die S-Bahn hat es überfahren.«

»Und was wollte Tamara gestern überhaupt im Haus?«, fragte Bärbel, die bisher ruhig zugehört hatte, eine dampfende Tasse Gifferstee in der Hand.

Ich liess meine Finger nachdenklich über die Theke gleiten. »Das ist das Verrückte«, sagte ich schliesslich. »Daniela erwähnte beiläufig etwas von Überwachungskameras, was ich nicht wirklich begriff, weil es ja keine gibt. Tamara aber bekam Panik. Vielleicht hatte sie Angst, dass ihr Plan deswegen auffliegen würde.«

Bärbel runzelte die Stirn. »Und die Fischer?«, hakte sie nach.

»Die hörte jemanden im Haus – und wollte nachsehen«, erklärte ich.

»Einfach so?«, fragte sie ungläubig.

»Ja, aber da ist noch etwas anderes«, ergänzte ich. »Als Tamara in der Buchhandlung auftauchte, trug sie eine dieser grossen Fitbit-Uhren, die gerade in Mode sind.«

»Ja und?« Bärbel sah mich irritiert an.

»Im Verhörraum, als ich die Uhr wieder sah, wurde mir klar, warum dieses Detail mich störte. Es war ein Männermodell.«

»Wusste nicht, dass du dich mit so etwas auskennst ...«

»Mutter, bitte.«

»Schon gut, schon gut.«

»Natürlich darf Tamara ein Männermodell tragen. Aber in dieser Situation wusste ich instinktiv, warum.«

Donnie nickte. »Es war die Uhr ihres Vaters, oder?«

»Genau. Hätte Brunner sie anbehalten, hätte die Uhr Alarm geschlagen, als sein Herzschlag aussetzte.«

Plötzlich erscholl ein donnerndes: »Hohoho! Frohe Weihnachten!«

Die Tür öffnete sich mit einem fröhlichen Klingeln, und ein prächtiger Samichlaus trat ein. Unter seinem roten Mantel glitzerte ein Hauch von künstlichem Schnee, als hätte er ihn direkt vom Himmel mitgebracht.

Donnie strahlte wie ein Kind am Weihnachtsmorgen. »Herr Biady, das war eine Punktlandung!«

Wham sang ›Last Christmas‹, während Bärbel skeptisch eine Augenbraue hob.

»Meine Stimme ist nicht zu viel?«, fragte der Samichlaus unsicher, seine Glöckchen schwang noch immer leicht in seiner Hand.

Donnie schüttelte dramatisch den Kopf, seine Gesichtszüge zu einem vorwurfsvollen Blick verzogen.

»Auf keinen Fall, Herr Biady. Sie machen das grossartig! Die Kinder werden Sie lieben.«

Der Samichlaus lachte zaghaft, ein Hauch von Unsicherheit in seinen Augen, doch dann setzte er sein strahlendes Lächeln wieder auf, als wäre er bereit, die Welt zu erobern.

»Kommen Sie, ich zeige Ihnen den grossen Schlitten mit den Säckchen und den Samichlaus-Sessel«, rief Donnie voller Begeisterung und führte ihn an mir vorbei. Sein Enthusiasmus war ansteckend, und ich konnte nicht anders, als breit zu grinsen, während er Biady erklärte, dass jedes Kind nur ein Säckchen bekommen durfte, damit wir nicht in die Verlegenheit gerieten, Nachschub zu brauchen.

Der Duft von Zimt und gebrannten Mandeln lag in der Luft, und ich spürte, wie die Spannung der letzten Tage langsam von mir abfiel. Wir hatten Gifferstee, *Guezli* und Ge-schenksäckchen – aber vor allem hatten wir einander.

Die Buchhandlung erstrahlte in warmem, goldenem Licht.

Die Schaufenster, wie jedes Jahr liebevoll mit Papiersternen und Lichterketten dekoriert, warfen einladende Muster auf den Gehweg draussen.

Weihnachten war gerettet – zumindest für diesen einen Tag.

*Valerie Birbaum ermittelt
auch in ...*

Buch, Mord und Kaffee

Liebe, Tod und blaue Muffins

Tee, Rosen und Mimosen

Krimi, Mimi und Abgang

Wein, Schein und Vergissmeinnicht

Wellen, Strand und Sonnenbrand

Pizza, Pasta und Zipfuchappa

Jean-Pascal Ansermoz springt seit seiner Kindheit mit grosser Leichtigkeit über den Röschtigraben, schreibt er doch sowohl in französischer, wie auch deutscher Sprache. Er erlebte die Siebziger in Afrika, verbrachte die Achtziger in Basel und studierte in den Neunzigern in Lausanne. Gearbeitet hat er in vielen Jobs und nicht alle standen in direktem Zusammenhang mit dem schriftlichen Wort. Manche aber schon. Heute beschäftigt er sich mit Krimis und anderen spannenden literarischen Formen. Denn Schreiben macht bekanntlich glücklich. Siehe Foto.

www.jeanpascalansermoz.ch